El misterio de la calle de las Glicinas

Editorial Bambú es un sello
de Editorial Casals, S. A.

Tel.: 902 107 007
www.editorialbambu.com
www.bambulector.com

Ilustración de la cubierta: Pedro Espinosa
Diseño de la colección: Miquel Puig

Primera edición: febrero de 2011
ISBN: 978-84-8343-137-5
Depósito legal: M-754-2011
Printed in Spain
Impreso en Edigrafos, S. A., Getafe (Madrid)

El misterio de la calle de las Glicinas

Núria Pradas

I

10 de junio de 1968

El anochecer teñía el cielo de tonos anaranjados. Las calles, abatidas por las altas temperaturas de aquel día de junio que ya anunciaba el verano que se aproximaba, se llenaban de trabajadores que abandonando fábricas, oficinas y comercios regresaban a sus casas. Ese era también el caso de Damián, un chico de veinte años que solo hacía una semana que trabajaba como ilustrador en una importante revista gráfica. Era un oficio que le apasionaba y, aunque reconocía que no lo habría conseguido nunca sin la influencia de su padre –un destacado banquero de la ciudad que se llamaba como él, Damián Serra–, había decidido aferrarse a aquella oportunidad sin dudar y luchar con todas sus fuerzas para ganarse un nombre, él solo, en el difícil mundo de la ilustración.

De momento, durante aquella primera semana de trabajo, había servido más cafés que dibujos había trazado su pluma, ávida de alguna oportunidad. Pero Damián no era impaciente. Al contrario, todo el mundo lo consideraba un muchacho sensato, seguro de sí mismo, y con un carácter afable y tranquilo.

Damián abandonó la redacción a las siete de la tarde. Se detuvo en el quiosco de la esquina. Sacó tres pesetas de su bolsillo y compró *La Vanguardia*. A diario, al salir del trabajo, se iba directo a casa, pero aquel día era viernes y Damián había quedado con unos amigos para ir al cine. Le tocaba a él escoger la película. Por eso empezó a hojear, sin mucha atención, el periódico. La noticia de la semana, el asesinato de Robert Kennedy, protagonizaba todavía los titulares del día. Pero Damián se había propuesto disfrutar de su primer fin de semana libre y no quería que nada le aguara la fiesta. Por eso, pasó rápidamente las hojas hasta que encontró la cartelera de espectáculos. Hojeando el periódico, había llegado a la parada del autobús que tenía que llevarlo hasta su casa.

Damián no sabía que nunca llegaría a su casa.

II

Estaba de pie en la parada del autobús, que se llenaba de gente por momentos. Pero él no se daba cuenta; tenía los ojos fijos en la cartelera de cine y, por lo demás, nada parecía importarle. En el Novedades ponían *Adivina quién viene esta noche,* con Spencer Tracy y Sidney Poitier, y en el Lido, *El planeta de los simios,* con Charlton Heston. Le habían hablado muy bien de las dos, pero él prefería mil veces la sutil socarronería de Tracy a las demostraciones musculosas de Heston. Sí, irían a ver la de Tracy.

El ruido de un frenazo le hizo levantar la cabeza. Era su autobús. Se dirigió poco a poco, en lenta procesión, detrás de la larga cola de gente que se había ido formando durante aquel rato. Se fijó en la chica que tenía delante; era difícil no fijarse en ella. Un perfume dulce, afrutado, comenzó a llenarle todos los sentidos y lo obligó a fijar la vista en aquella desconocida que, al principio, le había pasado desapercibida. Tal como la veía, de espaldas, lo que más le

llamaba la atención era su larga cabellera negra. El cabello liso y brillante le caía hasta la cintura, como una cascada de azabache. La gente empujaba, y sin querer, aunque sin lamentarlo tampoco, se pegó un poco más a la chica, que se apresuró a subir al autobús. Él se encaramó detrás. El cabello negro de la chica le rozó la cara y aquel perfume intenso lo transportó muy lejos de la realidad. Ella ya tenía el billete y se alejaba por el pasillo, hacia el fondo del vagón. Él la siguió, abriéndose paso a codazos hasta que consiguió situarse a su lado. No se daba cuenta de que el corazón le latía con violencia dentro del pecho. Si se hubiera parado a pensar qué hacía, qué sentía y qué pensaba, Damián no se habría comprendido a sí mismo. Pero no podía perder el tiempo pensando. Lo que quería era llamar la atención de aquella chica, tenía que conseguir que se diera la vuelta, que le mostrara los ojos que ahora solo eran una promesa misteriosa; unos ojos que imaginaba dulces como el perfume que desprendía su cabello negro: olor a mandarina, olor a azahar...

Los deseos de Damián se hicieron realidad enseguida. El autobús frenó con brusquedad y el cuerpo de la desconocida chocó contra el suyo. Ella se volvió, para disculparse con una sonrisa. Unos ojos almendrados, negros, intensos, se clavaron en los de Damián. Una descarga eléctrica, violenta, lo hizo temblar de arriba abajo. Ella sonreía en silencio. Él no pudo pronunciar palabra, no pudo sonreír. No sabía por qué, pero acababa de decidir que quería poner su destino en manos de aquellos ojos negros.

Cuando la chica bajó del autobús, Damián no dudó en

seguirla. No era su parada, evidentemente, pero en aquel momento no podía pensar en su parada, en los amigos que lo esperaban para ir al cine o en Spencer Tracy. La vida de Damián estaba dando un giro rotundo, había sido totalmente trasmudada por aquella mirada intensa, de fuego, por aquel cabello negro, perfumado. Damián, tranquilo, equilibrado, el chico que siempre tenía los pies en el suelo, acababa de desaparecer tras una desconocida que lo conducía, inexorablemente, hacia un destino inquietante.

Seguía los pasos de la joven a una distancia en absoluto prudente. Ella, evidentemente, debía de darse cuenta de la persecución a la que era sometida. Pero seguía caminando tranquila, como si no se diera cuenta de nada, como si nada pasara, o como si el hecho de que la siguieran por la calle fuera la cosa más natural del mundo.

Así, una tras otra, fueron enfilando calles que Damián no había visto nunca antes. Pasaron por una plaza que parecía sacada de una postal y se dirigieron hacia un callejón angosto, tranquilo, a la sombra de las espesas arboledas de las fincas que se escondían detrás de las verjas, imponentes y señoriales. Si hubiera podido ver otra cosa que no fuera la chica morena, Damián habría podido percatarse de la belleza singular de aquel lugar desconocido.

Inesperadamente, la joven se volvió hacia él, plantándole cara. Él se detuvo, expectante; esperaba algo, sí, pero no sabía muy bien qué, tan grande era su aturdimiento.

–Ya hemos llegado –le dijo ella con una sonrisa generosa, encantadora, que ya había visto en el autobús, y con una voz aterciopelada que parecía llegar de muy lejos.

Se había detenido ante una verja majestuosa, donde se apaciguaba la severidad fría del hierro con el color y el calor de las glicinas.

Damián seguía callado.

–¿Quieres entrar conmigo? –lo invitó la desconocida.

Él no respondió.

–¿Quieres entrar? –insistió, sin perder el brillo tentador de sus ojos.

Ante la impasibilidad del chico, la desconocida volvió a sonreír. Sacó una llave del bolso que llevaba colgado del hombro y abrió la portezuela de la verja, que no volvió a cerrar. La chica la cruzó y avanzó unos pasos por el jardín que conducía a la casa, un edificio de dos plantas que quizá, en otra época, se había alzado elegante y majestuoso en medio del jardín.

La chica se volvió una vez más hacia Damián y sonrió de nuevo, invitándolo otra vez, en silencio, a seguirla.

Y Damián atravesó el umbral del misterio.

III

Verano del 2000

A Elena ya no le quedaban lágrimas. Los ojos se le habían secado de tanto llorar. Pero la pena no desaparecía, no se fundía con las lágrimas, no se secaba nunca.

Hacía un mes exacto que Marc, su novio, había desaparecido. La había llamado a las siete desde el trabajo para quedar con ella:

–A las ocho delante de tu casa –fue lo último que le oyó decir.

Como cada viernes, Elena y Marc se disponían a construir su espacio de ocio y de libertad. Cuarenta y ocho horas para los dos, para estar juntos y divertirse. Desde que salía con Marc, Elena no abría ni un libro los fines de semana. Estaba estudiando derecho y sus notas se habían resentido, ya no eran tan brillantes como antes de empezar a salir con él, pero a ella eso no le importaba, porque si bien era cierto que las notas habían empeorado, ella se sentía más feliz que nunca. Y es que Marc era su primer amor. Su

primer amor de verdad, ¡claro! ¡Y lo amaba tanto! Estaba segura de que tenía que ser el primero y el último, el único amor de su vida.

Elena esperó inútilmente a Marc, de pie en la calle, cinco, diez, veinte largos minutos. Le extrañó, nunca se retrasaba. Al cabo de media hora, nerviosa, lo llamó al móvil. El aparato estaba apagado. A las nueve, decidió llamar a su casa, con la esperanza de que respondiera Guille, el hermano de Marc, y no su padre o su madre, a los que solo conocía de vista y hacia los que sentía una especie de pudor extraño que la cortaba mucho.

Se puso Guille, pero sus palabras no fueron muy tranquilizadoras.

–¿Marc? No, no está en casa. Creía que estaba contigo.

Al día siguiente, a media tarde, después de haber preguntado sin obtener respuesta a sus amigos y de indagar en los hospitales, los padres de Marc decidieron denunciar su desaparición a la policía. En comisaría hicieron los trámites de rigor, rellenaron una ficha con los datos del desaparecido e interrogaron a la familia, los amigos y los compañeros de trabajo. Interrogaron también a Elena. Y luego... ¡nada! Había que esperar unos días, a que las investigaciones dieran frutos, dijo el inspector jefe. Pero el inspector no dijo lo que su olfato, y los años de experiencia, le hacían sospechar: que aquel caso tenía pinta de ser una desaparición «limpia», una de esas que no dejan pistas. Un caso más entre el centenar de casos de jóvenes desaparecidos en la gran ciudad durante el año. Uno de aquellos casos que no se solucionan nunca.

Al cumplirse un mes de la desaparición de Marc, Elena se hundió. Aquello era una agonía. A veces se sorprendía pensando que hubiera preferido que Marc estuviera muerto. Al menos, así sabría dónde estaba, se habría podido despedir, podría llevarle flores a la tumba. Pero cuando Elena tomaba conciencia de esos negros pensamientos, sacudía la cabeza de lado a lado para ahuyentarlos. Marc estaba vivo. ¡Seguro que estaba vivo! Pero, ¿dónde? ¿Por qué había desparecido así, de repente? Quizá en esos momentos, mientras ella lloraba por él, él sufría, o se encontraba solo, perdido... Pero, ¿por qué? ¿Por qué? Dios mío, ¿por qué él?

Elena paseaba, nerviosa, arriba y abajo de la habitación. Parecía una fiera enjaulada. La pena y la impotencia se mezclaban y la convertían en un manojo de nervios. Su familia ya no sabía qué decirle ni cómo consolarla. Y ella no sabía qué hacer. No podía acudir a la policía; siempre que el inspector jefe la veía, se escondía, y si no le daba tiempo a esconderse, se la sacaba de encima con palabras amables pero vacías. Tampoco quería volver a la casa de Marc. Estaba muy dolida por cómo la habían tratado los padres del chico. Porque, si bien era cierto que la relación con Marc no era formal –hacía solo seis meses que salían y aún eran demasiado jóvenes para formalizar nada–, eso no justificaba que la ignoraran, que la despreciaran, como si solo ellos tuvieran la exclusiva de sufrir, como si solo ellos lo amaran. Claro que con Guille era otra cosa... ¡Guille!

Elena se abalanzó hacia el teléfono, decidida a hablar con Guille. Si contestaba la madre o el padre de Marc, colgaría.

Sabía que eso les podía hacer sufrir más, pero ellos tampoco habían sido muy considerados con su sufrimiento.

El teléfono dio tono, una... dos... tres veces.

«¡Por Dios! Venga, Guille, ¡contesta!»

–Sí, ¿diga?

–¿Eres tú, Guille?

–Sí. ¿Eres Elena?

–Guille, escúchame... Tenemos que hablar.

–Elena, ¿qué pasa? Estás muy nerviosa. ¿Sabes algo de Marc? ¿Tienes alguna noticia?

–No, pero tengo una idea. Y no puedo seguir ni un minuto más así.

–¿Así? ¿Cómo?

–De brazos cruzados, ¿me comprendes? ¿Podemos vernos, Guille? Dime que sí, por favor.

IV

Media hora más tarde, Elena y Guille estaban sentados cara a cara en una pequeña granja cercana a sus casas. Se conocían desde hacía seis meses, el mismo tiempo que llevaban saliendo Elena y Marc. El chico le presentó de inmediato a su hermano, con quien tenía muy buena relación. Guille tenía veinte años, dos menos que Marc, y estudiaba segundo de Periodismo, siguiendo los pasos del hermano mayor, que ya había terminado la carrera con notas brillantes y había encontrado, tan solo hacía un par de meses, su primer trabajo en una revista sensacionalista, pero de mucha tirada en todo el país.

Guille le caía muy bien. Físicamente se parecía a Marc. Como él, era alto y corpulento, tenían el mismo perfil: la nariz era idéntica; los labios, carnosos, parecían dibujados por la misma mano. La mayor diferencia era que Marc era moreno y tenía los ojos oscuros, mientras que Guille tenía

el cabello más claro y los ojos de un gris verdoso que cortaba la respiración. A veces, Elena se había sorprendido pensando que si Marc hubiera tenido los mismos ojos que su hermano, habría rayado la perfección.

–Bueno, ¿qué querías decirme, Elena? –le preguntó Guille, clavando sobre la chica aquellos ojos misteriosos y tiernos a la vez.

–Guille, tenemos que hacer algo.

–¿Algo? ¿A qué te refieres?

–A que tenemos que investigar por nuestra cuenta.

–Te refieres a la desaparición de Marc, ¿verdad? –preguntó el chico con una ingenuidad que impacientó a Elena que, enfadada, pensó que ojalá el desaparecido hubiera sido Guille y no Marc. Pero enseguida se arrepintió de aquel mal pensamiento, y le pidió perdón con la mirada.

–¡Pues claro que me refiero a la desaparición de Marc! Guille, yo ya no puedo más. Voy a volverme loca.

–Vamos a acabar todos locos. Si supieras el ambiente que hay en casa... Pero si la policía no resuelve los entresijos de esta desaparición, ¿qué podemos hacer nosotros?

–La policía pronto cerrará el caso. Marc no es Marc para ellos. Es un número en un expediente. Un joven desaparecido entre muchos otros chicos y chicas desaparecidos. Ellos no lo aman. Pero nosotros sí lo queremos, ¿verdad, Guille?

Guille luchaba por reprimir unas lágrimas rebeldes. Se frotó los ojos, como si quisiera arrancarse la pena.

–Sí, claro.

–Y tú no crees que esté muerto, ¿verdad que no lo crees, Guille?

Guille vaciló antes de responder.
–No.
–Entonces debemos buscarlo. Nadie lo conoce mejor que nosotros dos. Podríamos reconstruir el... el último día. ¡Sí! Podemos volver a dar los mismos pasos que dio Marc el día de su desaparición.
–Pero eso ya lo ha hecho la policía.
–Sí, pero, ¿cómo lo han hecho? Ellos no lo conocen. Se les pueden pasar por alto muchos detalles, cosas que ignoran... no lo sé... cosas que nosotros... Además, di, ¿perdemos algo con intentarlo? Se trata solo de ir a dar un paseo. De dar el último paseo que dio Marc. Si no encontramos nada, nos volvemos a casa, y listo. Al menos lo habremos intentado.

Estas palabras produjeron el efecto esperado. A pesar de que Guille no estaba convencido de obtener resultados, no se podía negar a la súplica de Elena. Bien mirado, rehaciendo los pasos de Marc, recorriendo las calles que lo vieron desaparecer, quizá conseguiría apaciguar un poco aquel desasosiego que lo carcomía por dentro.

Finalmente, Guille dijo:
–De acuerdo. ¿Por dónde empezamos?

Empezaron por la redacción de la revista donde trabajaba Marc hasta el día de su desaparición. Al llegar, Elena tuvo la impresión de haber estado allí antes. A pesar de que Marc era muy hermético en cuanto al trabajo y no le contaba en qué estaba trabajando, sí le había hablado varias veces de aquel lugar, y lo había hecho con los ojos ob-

servadores de un buen periodista. En efecto, aquel local era el lugar bullicioso y anárquico que Marc le había descrito. Todo el mundo parecía tener prisa y todos hablaban a gritos. Los ordenadores echaban humo, parecían a punto de explotar de una sobrecarga, y en los ceniceros se apilaban montañas de colillas humeantes. Era, como decía a menudo Marc, una auténtica olla de grillos, en la que cada cual iba a lo suyo y nadie parecía haberse dado cuenta de la presencia de aquellos dos pardillos que, tímidamente, preguntaban por Joan Martí.

Joan Martí era compañero de Marc, trabajaban mesa con mesa. Elena sabía que todos los días salían juntos del trabajo y tomaban, también juntos, el metro. Seguramente aquel día, el último día, también debían de haber hecho juntos el trayecto. Por eso, Elena había pensado que sería buena idea comenzar su particular investigación interrogando a aquel muchacho. Sin saber muy bien por qué, cuando lo tuvo delante una sensación extraña le hizo cosquillas en el estómago.

–Sí, salimos juntos del trabajo, como todos los días. Pero ya le he contado a la policía todo lo que sé –medio tartamudeó el joven, que no parecía muy contento con aquella visita.

Elena lo miró desolada.

–Ya lo sabemos, Joan, y no es nuestra intención molestarte, pero... mira, Guille es el hermano de Marc y yo... yo soy su pareja; para nosotros, ¿cómo te lo diríamos? Las investigaciones de la policía no nos tranquilizan, ¿sabes?

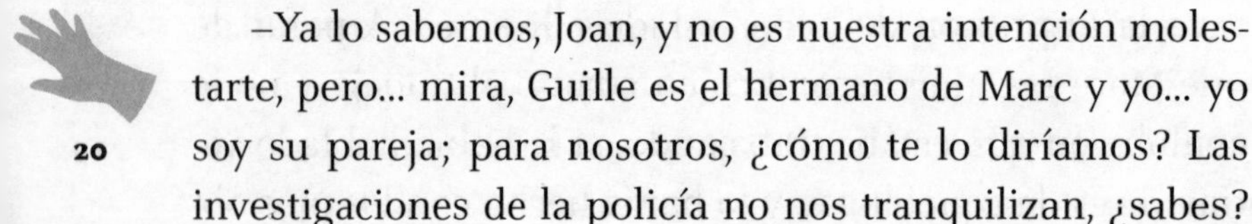

Estas palabras relajaron un poco al chico, que tan displicente se había mostrado con sus visitantes.

–Bueno... yo... yo tampoco me fío mucho de los polis –y mientras decía esto, Joan Martí mantenía la mirada perdida entre el desorden de papeles que había en su mesa.

Elena intuyó que iba por buen camino.

–Mira, quizá te parecerá un disparate, pero... ¿te importaría que volviéramos a hacer el trayecto en metro que hiciste con Marc aquel día?

–¿El del último día?

–Sí. Quizá hay algún detalle... yo qué sé... algo que a ti no te parece importante pero que para nosotros... –Elena se detuvo, emocionada–. Para nosotros sí tiene importancia.

Joan Martí sonrió con una especie de mueca que empequeñeció aún más aquellos ojos que eran como dos puntitos oscuros en una cara totalmente impenetrable. Había entrado en la redacción un poco antes que Marc, y sin que Elena –ahora que lo tenía delante por primera vez– acabara de entender muy bien por qué, los chicos se habían hecho buenos amigos. O al menos, Marc le hablaba a menudo de aquel muchacho, un joven que, además de adusto y áspero, era delgado como un palillo y, también como un palillo, amarillento. Tenía un aspecto enfermizo y vestía de manera descuidada, con el pelo recogido en una larga cola tan lánguida como todo lo demás. No, no lo entendía. A ella, más bien le provocaba cierta repulsión y una desazón difícil de disimular. ¿De qué podía hablar Marc con un individuo como aquel?

Elena pensó que de allí no sacarían nada interesante en cuanto a la resolución del caso. Y seguro que los policías que le habían tomado declaración debían de haber pensado lo mismo.

Mientras Elena se perdía en estas reflexiones, una pared de silencio se había levantado entre los tres chicos. Era un silencio tenso, pero no parecía molestar a Joan Martí, que ahora había fijado aquellos ojos de zorro en el rostro dulce de Elena, en los labios redondos y húmedos de la chica, en los ojos enrojecidos por la pena, pero aun así bonitos y seductores.

Elena notó esa mirada clavada en ella como un cuchillo, y un escalofrío recorrió su cuerpo. Pero ya era tarde para rectificar. Vaciló un poco, antes de tener fuerzas para preguntar:

–Entonces... ¿contamos contigo?

Guille y Elena esperaron pacientemente en la calle hasta que Joan Martí salió del trabajo. A las siete en punto, el chico se unió a la pareja. Los tres anduvieron calle arriba hasta el metro. Elena y Guille caminaban en silencio. Una losa les comprimía el pecho. El otro chico, ajeno al dolor que Guille y Elena pudieran sentir, caminaba con la cabeza baja, silbando una especie de melodía que a Guille le llamó la atención y lo inquietó extrañamente.

Los tres jóvenes bajaron la escalera del metro. Se dirigieron hacia el andén.

–Llegamos en el preciso momento en que el metro se ponía en marcha –dijo Joan Martí–. Marc corrió, pero cuando vio que era inútil se detuvo. Entonces nos sentamos en este banco –Joan señaló uno de los bancos del andén, que ahora ocupaban tres jóvenes, dos chicas y un chico, que movían la cabeza al ritmo de la misteriosa música que salía de sus auriculares.

Elena observó el banco con un respeto casi religioso. Luego clavó los ojos en Guille, que le devolvió una mirada empañada por un velo de añoranza. Aquello era más difícil de llevar a cabo de lo que habían imaginado. Joan Martí parecía ausente; seguía silbando aquella canción y, de vez en cuando, clavaba su turbia mirada en el rostro de Elena, que no se atrevía a levantar la vista del suelo para no encontrarse con aquellos ojos.

La joven, nerviosa, pensaba en qué podía decir, algo que allanara la tensión que la compañía de Joan Martí les provocaba:

–¿Qué... qué hicisteis mientras esperabais el metro? ¿Recuerdas si hablasteis de algo en especial...?

–No. Como siempre. Hablamos del fin de semana, del trabajo...

Elena lo interrumpió:

–¿Marc te pareció normal? Es decir, ¿estaba como siempre? ¿Notaste algo extraño en él?

–No.

–¿Y subisteis juntos al metro? –insistió Elena, que ya no sabía qué actitud mostrar ante aquel muchacho tan extraño.

–Sí. Llegó otro metro y subimos.

Como si las palabras de Joan Martí estuvieran estrechamente unidas a la realidad, en aquel mismo instante un convoy del metro entró en la estación. Los jóvenes subieron.

–El metro iba bastante lleno, pero ya sabéis que en esta estación baja mucha gente. De todos modos no nos sentamos. Nunca lo hacíamos.

–Entonces, ¿estuvisteis de pie hasta que llegasteis al destino?

El joven respondió rápidamente:

–No, no. Marc bajó antes aquel día.

Habló deprisa, como si no lo hubiera pensado, y ahora miraba a los chicos de reojo y se mordía el labio con un gesto extraño.

–¿Bajó antes? –preguntó Guille, acercándose al chico.

Joan Martí se quedó callado. La mirada extraviada demostraba que había perdido el dominio de la situación.

–¿Bajó antes? –repitió Elena, en voz baja, como si se lo preguntara a sí misma. Guille no pudo evitar expresar su extrañeza.

–Pero, ¿por qué? –preguntó mirando a la chica–. ¿No había quedado contigo, Elena?

–Sí. Habíamos quedado. Y me dijo que antes quería pasar por casa para cambiarse de ropa. No sé por qué bajó antes.

Elena y Guille se quedaron mirando a Joan Martí, ahora abiertamente, con ojos interrogantes, como si la respuesta se encontrara en aquel muchacho de aspecto desganado. Él, que se sintió aludido, se encogió de hombros con un gesto mezquino. Estaba irritado:

–Y yo qué sé por qué bajó antes. No me dio explicaciones, ni yo se las pedí. Se despidió y desapareció.

–Sí, desapareció –repitió Elena con tristeza.

Joan Martí calló. No le había pasado desapercibida la tristeza de la joven, ni tampoco su falta de tacto. Sin embargo, continuaba mirando a aquella chica con la mirada sombría y nada en él hacía pensar que sintiera ningún tipo de arrepentimiento por sus palabras.

Al llegar a la estación en que Marc había bajado el día de la desaparición, Elena se despidió con frialdad de Joan Martí. De hecho, tanto ella como Guille tenían unas ganas tremendas de perderlo de vista. Aquel chico, de aspecto viscoso y de modales aún más viscosos, les repelía. Además, no les había servido de mucho, la verdad. Aunque lo de las paradas...

–Bueno, nosotros bajamos aquí.

Joan Martí no hizo ningún gesto de despedida. Sencillamente, se quedó como estaba, exactamente igual, con aquella expresión ausente, como si fuera de corcho.

Guille y Elena aprovecharon la rapidez con que se abren y se cierran las puertas del metro para desaparecer. Una vez en el andén, aún pudieron ver el rostro de Joan Martí, engullido por la oscuridad del túnel. Y les pareció más repulsivo que nunca.

–¿Y ahora qué? –preguntó Guille.

Pero Elena no tuvo tiempo de darle una respuesta, porque una voz aguda y chillona resonó detrás de ellos.

–¡Eh! Eh... Esperad un momento, por favor, tengo que hablar con vosotros.

V

Era una chica más bien baja, pero bien proporcionada. Era rubia y llevaba unas gafas de pasta roja, muy a la moda. Vestía de forma atrevida, mezclando flores con rayas en un popurrí de colores disonantes. Trajinaba una mochila pesada, que casi hacía más bulto que ella. Quizá por ese motivo caminaba un poco encorvada y le costaba correr. Pero lo hizo. Corrió hasta situarse al lado de Guille y Elena, que la miraban como quien ve una aparición fantasmagórica.

–Perdonad, perdonad. Tal vez me meto donde no me llaman, pero... bueno... en realidad forma parte de mi trabajo, eso de meterme donde no me llaman, ¿sabéis?

Estaban de pie en mitad del andén, aunque poco a poco se había ido vaciando de gente.

–¡Ay! Perdonad, no me he presentado. Soy Delia Torres. Ahora este nombre no os dice nada, claro, je, je... pero pronto, ya lo veréis, mi nombre sonará: Delia Torres, escritora.

–Ah, ¿eres escritora? –preguntó Elena, interviniendo en la conversación por primera vez.

–Bueno... no exactamente. Pero me estoy preparando, ¿sabéis? Ahora estoy siguiendo un cursillo de narrativa en el Ateneo. Ah, y por las tardes estudio inglés e italiano. He dejado la carrera de Filología porque me aburría. ¡Lo que yo quiero es escribir, escribir historias llenas de vida, y no aprenderme de memoria el AFI!

–¿El AFI? –preguntaron Guille y Elena a la vez.

–Sí: el Alfabeto Fonético Internacional –Delia abrió sus ojos redondos como naranjas–. Pero, ¿de dónde salís vosotros?

–Mira... –dijo Guille, iniciando lo que podía ser una despedida.

–¡Ay! Disculpadme. Siempre me enrollo con mi vida y mis cosas y olvido el tema principal. Bien, si os he detenido, es decir, si os he llamado, ha sido porque... bien... ¿Os apetece salir de aquí y vamos a tomar algo? Lo que tengo que contaros es largo y requiere calma y tranquilidad.

Salieron a la calle y entraron en el primer bar que encontraron. Elena estaba intrigada, nerviosa y, sin embargo, su intuición le decía que aquella chica estrambótica les podría aportar algo: una pista, un indicio, por pequeño que fuera, que les permitiera seguir el camino iniciado. Algún camino. Guille, en cambio, tenía el semblante serio. Seguía a las chicas a tino, para no decepcionar a Elena y, al contrario de lo que pensaba ella, estaba convencido de que no podían esperar nada de aquella chica. Era solo una escrito-

ra en periodo de formación que vete a saber qué quería de ellos, pero, evidentemente, si se tenían que fiar de ella, no encontrarían nunca a Marc.

–En primer lugar me tendréis que perdonar, ¿vale? Porque os he estado escuchando descaradamente y eso... vamos, no está muy bien, ¿verdad? Claro que, en realidad, y ahora que lo pienso, debe de haber sido cosa del destino eso de haber coincidido todos en el mismo vagón. ¿No os parece?

–No estoy seguro –dijo Guille, fastidiado–. Oye...

–Sí, sí... ya te entiendo. Debéis de tener ganas de saber de qué va esta historia, ¿verdad?

–Pues, la verdad... ¡sí!

Delia miró a Elena y sonrió. Pero la sonrisa se le truncó cuando su mirada tropezó con la de Guille, gélida y dura. Los ojos del chico, tan verdes a veces, tan llenos de ternura cuando sonreían, lucían ahora con el aguijón del acero, más grises que nunca. Inesperadamente, una ola de fuego abrasó el rostro de Delia. Ella que se tenía por una chica dura, experimentada, decidida, ella que no conocía la palabra *vergüenza*. Sacudió la cabeza de lado a lado, en un intento de alejar de sí misma aquel sentimiento abrumador. Cuando se repuso un poco a aquella ola de calor, dijo:

–Bueno, en definitiva: he oído lo que os decía aquel chico.

–¿Joan?

–No sé cómo se llama, el de la coleta mugrienta.

–Joan, sí.

–Y no es muy exacto.

Elena y Guille se intercambiaron una mirada llena de extrañeza.

–¿Quieres decir que nos ha mentido? –preguntó Elena.

Delia bebió directamente de la botella de cerveza antes de contestar.

–Mira, todo novelista sabe que la verdad absoluta no existe. Que cada uno, cada personaje, tiene su versión de la realidad. Aquel muchacho, Joan, simplemente ha contado su versión. La cosa fue así, ¿me seguís? Está tan claro como el principio de... como el principio de... –Delia se detuvo y rió, traviesa.

Guille se impacientaba por momentos.

–Pero ¿tú qué sabes de todo este asunto? Si esto es una broma de alguien que no sabe cómo pasar el rato, tengo que decirte que es de muy mal gusto.

Delia, por toda respuesta, se agachó y cogió la mochila. La abrió y, después de revolver un rato en ella, sacó una libreta gastada por el tiempo y el uso.

–¿Sabéis qué es esto?

–Una libreta vieja –se volvió a fastidiar el chico, que había decidido tomarse a broma a aquella loca estrambótica.

–Sí, lo es. Pero también es mucho más. Es mi libreta de observación.

–Si no te explicas...

–Es muy sencillo –respondió Delia, cortando la frase de Guille–. Lo primero que debe saber hacer todo buen novelista es observar, observar la realidad. Lo que sucede a su alrededor. Esta realidad es el material con el que deberá construir sus historias, ¿me entendéis?

–Mira, chica, le has sacado mucho jugo al cursillo del Ateneo, pero nosotros...

–No os impacientéis. Ya os he dicho que la cosa era un poco larga. Si tengo que explicarme a toda prisa, me haré un lío y...

Elena miró a Guille con mirada suplicante.

–Está bien –dijo el chico, claudicando–. Te puedes tomar todo el tiempo que necesites –y pidió otra cerveza al camarero, dispuesto a aguantar lo que aún quedaba por venir.

–Yo hago este trayecto cada día, ¿sabéis? Bueno, cada día laborable. Aquel día –se acercó un poco más a la pareja y bajó la voz–, yo viajaba en el mismo vagón que el chico de la cola y el otro...

–Marc –puntualizó Elena.

–Bien –siguió Delia–, como os decía yo viajaba en el mismo vagón que los chicos. Me llamaron la atención porque formaban una extraña pareja y me quedé escuchando, embobada. Es un defecto que tengo, no puedo evitarlo, me embobo con las conversaciones de la gente.

Sonrió, sin darse cuenta, y volvió a dar un trago largo de la botella.

–Lo que comentaban no era interesante, pero, como os contaba, me pareció una pareja curiosa: uno, alto, con buen cuerpo, atractivo: ¡un bomboncito! –Dijo mirando a Elena y guiñándole un ojo–. El otro, insignificante, delgado como un palillo, con una mirada nublada y con el pelo grasiento recogido en una cola tan insignificante como él mismo: ¡un cardo!

Delia hizo una pausa para respirar. Sus ojos sonreían mientras recordaba.

–Empecé a hacer el esfuerzo de imaginar qué intereses tenían en común; qué unía a dos chicos tan diferentes, que se trataban con una familiaridad evidente. El profe de narrativa nos insiste en que este es un ejercicio...

–Compañeros de trabajo –la cortó Elena–. Solo eran compañeros de trabajo. El alto era... quiero decir... es mi novio.

Delia asintió con la cabeza.

–Sí, ya lo sé.

–¿Cómo? ¿Es que tú lo sabes todo, o qué?

–¿Te olvidas de que os he estado escuchando en el metro?

Se hizo un silencio que Elena y Guille aprovecharon para poner en orden sus pensamientos.

–¿Sigo? –preguntó Delia, impaciente.

–Sí, claro.

–Bueno. Yo no había sacado la libreta de observación ni nada, porque, como ya os he dicho, me pareció que la situación no daba para mucho; solo para distraerse un rato. Pero entonces ocurrió algo que me hizo cambiar de opinión.

–¿Qué? –preguntó Elena, impaciente. Guille levantó la mirada, que tenía fijada tercamente en el suelo.

–El chico alto...

–¡Marc!

–Sí, Marc. Pues Marc se quedó mirando fijamente a una chica que acababa de subir en esa estación. Desde que la joven hizo su aparición en el escenario de los hechos, o sea, en el vagón del metro, para Marc dejó de existir cual-

quier otra cosa. En realidad, era una chica muy atractiva, pero él la miraba como si nunca antes hubiera visto a una chica; perdona que sea tan directa, ¿eh?, pero me dio esa impresión.

–¡Vaya! –exclamó Elena, un poco mosqueada– ¿Y qué? ¿Tan importante te pareció que un chico mirase a una chica? No está prohibido, que yo sepa.

Delia, por toda respuesta, tomó su libreta de observación y la abrió en un punto determinado. Entonces se la ofreció a Elena.

–Lee. Creo que la respuesta a tu pregunta está aquí.

Elena cogió la libreta y empezó a leer en voz alta y temblorosa:

«Metro. 19:15 h de un viernes de junio. Chico alto y apuesto que viaja con chico feo y enclenque se fija en una chica que acaba de subir. Es muy vistosa: alta, delgada, morena, con un cabello que le cae por la espalda. ¡De anuncio de champú! Chica se sienta y lee. Chico ya no escucha al compañero pesado. Chica levanta ojos del libro y mira chico. Intercambian una extraña mirada. ¿Es un amor a primera vista? Chica sonríe chico. ¡Qué fuerte! Todos los elementos para una novela romántica. Chica se levanta y se prepara para bajar. Muchacho detrás. Baja sin decir ni adiós al amigo plasta. Bajo detrás de la pareja. No me lo quiero perder.»

A Elena se le rompió la voz. Tenía los ojos llenos de lágrimas y no podía continuar leyendo.

–Lo siento –dijo Delia–. Pero la verdad no siempre es agradable.

Guille cogió con suavidad la libreta de las manos de Elena. Se le habían quedado ateridas, sin fuerza, vacías.

–¿No crees que ya es suficiente?

–No, sigue leyendo, Guille. Por favor.

Guille observó aquella letra pequeña y redonda con una mirada llena de dudas, pero no se hizo de rogar. Sufría por Elena; le habría querido ahorrar a toda costa aquel mal trago, pero, en el fondo, sabía que el camino iniciado ya no tenía retorno y él también empezaba a sentir curiosidad.

«Salgo a la calle detrás de la pareja. Chico sigue chica. Ella ni se da la vuelta. Intuyo que le gusta que la sigan. ¡Esta chica es una fresca!

Caminan. El chico parece otro. Paso por su lado. Quiero verle la cara. Le ha cambiado la expresión. No se fija en mí.

Caminan. Uno tras otro, siempre. Caminan por unas calles empinadas. Llegan a un callejón. Las casas tienen jardines. Me escondo en la esquina. Los veo de reojo. Se detienen delante de una casa. ¿Qué harán ahora? Chica se da la vuelta hacia el chico. ¡Le habla! Chica entra en casa. Chico la sigue.

Conclusión: rollo en el metro. No creo que pueda haber nada interesante.»

–No puede ser. No puede ser.

Elena iba repitiendo bajito estas tres palabras. Se había quedado de piedra. Si la pinchan en ese momento, no le sale sangre.

–Bueno, eso es lo que vi. Y tal como anoté al final, no me pareció una historia extraordinaria. Pero no tiré los apuntes. No lo hago nunca, es una manía que tengo. Nunca se sabe. Y hoy, en el metro, he vuelto a coincidir con el chico feo. No lo había vuelto a ver. Debe de hacer casi un mes.

–Un mes y tres días –puntualizó Elena, llorosa.

–Iba con vosotros. Primero he creído que tú...

–Guille. Me llamo Guille.

–Que tú, Guille, eras aquel chico. El alto, quiero decir. Después me he fijado mejor y he visto que no. Pero te pareces mucho a él.

–Marc y yo somos hermanos.

–Ya. Después me he fijado en ti...

–Ella es Elena.

–He visto que teníais una expresión extraña, no sé, como de angustia. No os sentíais cómodos, eso era evidente. Y he olido a material nuevo. ¿Tal vez la continuación de aquella historia inacabada? ¡Nunca se sabe! Por eso me he acercado a vosotros, y he oído que hablabais del chico desaparecido y me he dado cuenta de que aquel granuja, que debe de ser más bobo de lo que parece a simple vista, no se dio cuenta de qué iba la historia. ¡Y mira que se notaba! Solo un ciego no lo habría visto.

Hizo una pequeña pausa.

–Y eso es todo. En fin, ya lo veis, he pensado que os debía una explicación de lo que pasó realmente, lo que yo observé con mis propios ojos.

–¿Sabrías llegar a la casa? –preguntó Elena con un hilo de voz.

–Mujer... creo que sí. Sí.

Guille intervino:

–¿Qué insinúas, Elena? No querrás que vayamos allí solos, ¿verdad? Lo que tenemos que hacer es ir a la policía. Y tú –ahora se dirigía a Delia– nos acompañarás. Eres un testigo de lo que pasó y...

–A la policía no le molan mucho las historias de los novelistas, y menos si no se trata de novelistas consagrados como la Torres, la otra quiero decir, Maruja...

Elena la interrumpió:

–Tiene razón. No nos creerán. Y además esto, ahora, es cosa mía –suavizó el tono de voz–. Bueno, nuestra, Guille. Es cosa nuestra.

Se dirigió a Delia con suavidad, como suplicando:

–Acompáñanos a esa casa, por favor. Y tú, Guille, haz lo que quieras, de verdad. Puedes venir con nosotras, o si no lo crees oportuno, vete y olvídate de esta historia.

Guille inclinó la cabeza en señal de derrota. Era evidente que ya no podía dar marcha atrás. Pero dudaba de que aquel camino que iniciaban los llevara hacia Marc.

VI

Elena, Guille y Delia se pusieron en marcha. Delia no conocía aquel barrio, pero, como era muy observadora, había ido anotando algunos detalles del recorrido que le habían llamado la atención, y el nombre de una plaza que había antes de llegar a la calle de las casas con jardín.

–Eres una chica muy observadora –dijo Guille, clavándole una mirada clara y serena.

Delia volvió a sonrojarse.

Un poco por intuición, y otro poco preguntando, Delia logró llegar sin demasiados problemas al lugar deseado. Era una calle tranquila en exceso, como si la vida de la ciudad, el ruido y el ajetreo no se atrevieran a entrar en ella. Delia observó la placa con el nombre de la calle:

–Calle de las Glicinas. ¡Vaya! Pues ahora las glicinas brillan por su ausencia. Quizá en otra época... –de repente la chica se interrumpió.

–¡Mirad! –gritó con aires de triunfo.

A pesar del entusiasmo de Delia, lo que los ojos de Elena y Guille vieron los llenó de desánimo. La «casa» era, en realidad, un viejo caserón medio derruido, el escenario ideal para filmar una película de terror. Una verja, que en otros tiempos debía haber cerrado la casa con elegancia, con grandeza, mostraba ahora las heridas que el tiempo, la lluvia y el olvido le habían infringido. Más allá de la verja se veía un jardín abandonado, tomado por las zarzas y las malas hierbas. Parecía como si el silencio fuera el único habitante de aquel lugar que se alzaba, además, en una calle olvidada del mundo.

–¡Ostras Pedrín! –exclamó Delia, con su expresividad de siempre–. Vista de cerca da miedo, ¿no creéis?

Elena y Guille se quedaron tan impresionados con aquella visión que no pudieron pronunciar ni una sola palabra. Mientras, Delia seguía expresando en voz alta todo lo que le pasaba por la cabeza:

–No puede ser que viva alguien aquí. No me explico cómo ese muchacho se atrevió a entrar.

Un llanto mortecino cortó las últimas palabras de Delia.

–¡Oh!, lo siento. De verdad, lo siento –dijo dirigiéndose a Elena, que lloriqueaba con la cabeza abandonada entre los barrotes oxidados de la verja–. No sé cómo he podido ser tan burra. Yo...

–Sí, chica, creo que no eres muy delicada –añadió Guille, mientras intentaba consolar a Elena.

Delia se sonrojó por tercera vez en un mismo día. Eso era un récord para ella.

–¿Y ahora qué hacemos? –preguntó Elena, con la voz entrecortada por el llanto.

–¿Qué quieres que hagamos, Elena? Ir a la policía.

–Pero Guille...

Un fuerte timbrazo cortó la discusión incipiente. Elena saltó, asustada, pero enseguida se dio cuenta de que era ella quien había llamado sin querer, con el hombro.

–Hay timbre –dijo Delia señalando el interruptor que acababa de tocar Elena sin querer.

–Ya, ¿y qué? –intervino Guille–. No pensarás que vive alguien aquí, ¿verdad?

–Si el timbre funciona es señal de que en la casa, como mínimo, hay electricidad.

Delia tenía razón y esta observación, tan evidente por otro lado, dejó descolocados a Elena y a Guille. Pero la curiosidad de Delia era insaciable. Sin encomendarse a nadie, se dirigió hacia la puerta de la verja y la empujó. Ante la sorpresa de todos, Delia incluida, la puerta cedió y soltó una queja perezosa.

–¡Te han abierto! –gritó Elena, olvidando las lágrimas.

–No. He abierto yo sola. Quiero decir que la puerta no estaba cerrada. ¿Qué? ¿Vamos? –preguntó a los chicos, mientras señalaba hacia el jardín con la cabeza.

Delia cruzó la puerta sin vacilar y sin mirar atrás. Estaba convencida de que los demás la seguirían sin pensárselo. Pero Elena y Guille dudaron unos instantes antes de decidirse a seguir los pasos de la joven. Y no era por miedo, ante la desolación de aquel lugar siniestro. A pesar de que el entorno daba pena y se les hacía un nudo en el estómago al

mirar a su alrededor, lo que más les impresionaba era pensar que Marc hubiera podido desaparecer en un lugar como aquel. Si todo lo que Delia les había contado era cierto, Marc habría sido visto por última vez allí. Y, entonces, ¿qué final podía tener aquella historia?

Se miraron y, en sus miradas, ambos leyeron dudas y miedo. Pero hicieron de tripas corazón y siguieron a Delia por el jardín, si aquel lugar desolado podía llamarse jardín, claro.

Con solo atravesar la puerta, Elena se estremeció de los pies a la cabeza, un frío glacial le recorrió todo el cuerpo hasta hacerla temblar como si estuvieran en pleno invierno. Su rostro debía de llevar impreso este estado de ánimo, porque Guille le preguntó:

–¿Qué te pasa, Elena? ¿Quieres que salgamos de aquí?

A Elena le costó articular las palabras: los dientes le castañeteaban y no conseguía dominarse. Pero finalmente dijo:

–No lo sé. La verdad es que no es un lugar muy acogedor, ¿verdad? –e intentó sonreír, aunque solo consiguió dibujar una extraña mueca con los labios–. No sé qué me pasa... tengo frío.

Guille se acercó más a Elena. Ella dejó descansar su cabeza sobre el hombro del chico.

–No puede ser, Guille. Dime que no puede ser. Esta chica debe andar confundida. Sí, debió de equivocarse de persona o a lo mejor se lo está inventando todo. ¿Como es posible que Marc entrara aquí persiguiendo a una muchacha?

–Claro –dijo Guille, suavemente, acariciándole el pelo.

–Él me quiere. Podía haberse fijado en otra chica, no diré que no, pero hasta el extremo de...

Elena rompió a llorar violentamente. Guille la estrechó un poco más. La abrazó como si le quisiera dar el calor de su cuerpo. La protegió entre sus brazos. Y, por un momento, Elena volvió a sentir los dulces abrazos de Marc en su piel.

–No llores más, Elena. Te repito que no es posible. Esto es una locura.

La voz de Delia, a quien no veían desde hacía unos minutos, les sobresaltó y deshizo el abrazo:

–¡Mirad lo que he encontrado!

La chica estaba excitada. Llevaba algo en la mano, una especie de tesoro fabuloso, a juzgar por su expresión maravillada. Se acercó rápidamente a los chicos para enseñarles su trofeo:

–¡Mirad! Es un botón de camisa, y de camisa de marca.

Elena le arrebató el botón de las manos.

–Marc tiene una camisa de esta marca. Son los mismos botones. Guille, ¿sabes si la llevaba puesta aquel día?

Guille vaciló:

–No lo sé. Ahora no me acuerdo. No te sabría decir.

–Es una prueba, ¿verdad? –dijo Delia, radiante–. Seguro que ahora no dudaréis de mí. Lo he encontrado en el segundo peldaño.

Elena y Guille miraron el lugar exacto donde señalaba el dedo de Delia. Efectivamente, el acceso a la casa tenía tres peldaños que estaban sucios y llenos de musgo, como todo.

Los chicos se acercaron. Tal vez entre los tres encontrarían otra pista.

–¿Queréis echar un vistazo a la parte trasera del jardín? –preguntó Delia, que estaba excitadísima con todo lo que estaba pasando.

–¡No! –gritaron Guille y Elena al unísono.

–Está oscureciendo –añadió Guille–. Y yo quiero llegar a casa y comprobar lo de la camisa. Si no está colgada en su armario, será que la llevaba puesta cuando desapareció. Y si la llevaba...

Se interrumpió, pensativo:

–Elena, tenemos que ir a la policía. Este botón podría ser una prueba importante que demuestre que Marc estuvo aquí.

VII

Al día siguiente, Elena y Guille llegaron, muy temprano, a la comisaría del distrito donde se investigaba la desaparición de Marc. En la puerta los esperaba Delia, impaciente. Por fin, después de tantas observaciones infructuosas, la futura escritora tenía ante sí una bomba literaria: aquella historia podía convertirse en un *best seller*, no tenía ninguna duda. Si hacía caso a su intuición, si estaba atenta a los acontecimientos, si lo observaba todo, conseguiría un argumento de narices para su primera novela. Pero antes, tuvo que barajar muchos argumentos y gastar mucha saliva para convencer a Elena y Guille de que la dejaran seguir a su lado.

–No os molestaré –les dijo, casi suplicándoles–. Seré invisible. Haré mi trabajo y punto.

Guille resultó ser el más duro de pelar y, quizá por eso, Delia fue tan vehemente en la defensa de sus planes. Y es que, seamos claros, a Delia le interesaba mucho aquella historia, pero Guille incluso le interesaba más. Era la primera vez que un chico conseguía que se sonrojara con un par de miradas. Guille tenía algo que la inquietaba y la enganchaba. Sí, definitivamente la historia de la desaparición de Marc resultaba atractiva, pero Guille lo era incluso mucho más.

–Y además me he ganado el lugar de observadora. Sin mí no habríais encontrado nada... Sin mí estaríais más colgados que un abrigo en un armario.

–Mira, chica –respondió Guille, picado–, colgados lo estamos contigo y sin ti. Porque a mí me parece que, si no me equivoco, en estos momentos Marc continúa desaparecido, ¿no es verdad?

Fue un golpe bajo. Menos mal que intervino Elena:

–Guille, ya basta. Quizá Delia tiene razón. Y, además, ¿qué ganamos discutiendo entre nosotros?

Y así fue como, aquella mañana, Guille y las dos chicas atravesaron la puerta de la comisaría y pidieron por el inspector jefe, José María Valdés Valls.

Cuando José María Valdés Valls supo que los tres chicos lo esperaban, se desesperó. Otra visita de aquella muchacha inoportuna y, ahora, además, ¡con refuerzos!

–No hay nada más peligroso que las amiguitas de los desaparecidos. Meten la nariz en todas partes, no dejan que la investigación siga su curso normal. ¡Lo lían todo!

–Pues dicen que es muy importante. Que han encontrado pruebas.

–¿Pruebas? ¡Pruebas! Sí, hombre, ¡y un jamón! Ya te lo decía, Llopis, lo lían todo. A ver con qué cuento vienen ahora. Una mañana entera perdida con estos chavales y para nada. Este trabajo es de psicólogo y no de policía. ¿Adónde iremos a parar?

–¿Los pongo de patitas en la calle, jefe?

El jefe pegó una honda calada a su habano y, después de pensarlo unos segundos, cambió el rictus feroz del rostro por otro más suave.

–No. No me los puedo quitar de encima otra vez. Tendré que aguantar el chaparrón...

La cara del inspector se iluminó de repente. Resplandecía como si lo iluminara una bombilla. Llopis, que no estaba acostumbrado a aquellos prodigios expresivos de su jefe, se asustó un poco:

–Eh, jefe, ¿se encuentra mal?

–No, Llopis, me encuentro mejor que nunca. Oye, esa chica que acaba de llegar de la academia...

–La Barbie Policía...

–Sí, esa... ¿Cómo se llama en realidad?

–Caramba, jefe, no lo sé. Desde que llegó todos la llaman...

–Sí, hombre, ya sé cómo la llaman todos. Pero debe de tener un nombre, ¿no?

–Bueno, como a usted no pareció interesarle mucho como se llamaba..., y enseguida la puso a trabajar abajo, en los archivos... ¡Y eso que la chica venía con un expediente de aúpa!

–Lo sé... ya lo sé..., ¡otro bebé! No hacen más que enviarnos cachorros de policía con matrículas de honor.

Y en cuanto ven disparar un arma, se hacen las necesidades en los pantalones.

–Pues esta parece tener carácter. El otro día, sin ir más lejos, le dio un buen capón a López porque se le acercó demasiado. Aunque, entre usted y yo, la tía está buena, ¿verdad, jefe?

José María Valdés Valls no estaba para sutilezas.

–¡Llámala! Por su nombre, se entiende. Pásale el expediente del desaparecido. Que lo lea rápido y que reciba a los chicos. El caso, desde ya, es suyo.

–¡Caramba! ¿Y dónde los recibe? ¿En el sótano? Usted no le asignó despacho.

–¡Pamplinas! Os ahogáis en un vaso de agua. ¡Echa a López del suyo! ¡Venga!

Llopis se apresuró a cumplir el encargo de su jefe. Ya sabía cómo las gastaba cuando perdía la paciencia.

–López se va a enfadar... seguro que se enfada.

VIII

—Buenos días. Soy la subinspectora Rovira. Siéntense, por favor.

La subinspectora Rovira era una chica alta y esbelta. Vestía con ropa deportiva, pero con clase. Tenía mucho encanto. Se veía a la legua que no dejaba nada a la improvisación. Cada detalle de su imagen estaba pensado y planificado cuidadosamente. De resultas, la subinspectora era una mujer, como se diría hoy en día, glamurosa.

Aquel encanto, buscado y artificioso quizá, pero encanto al fin y al cabo, subyugó a Guille desde el primer momento en que la vio, cuando ella hizo su aparición en el pequeño y desordenado despacho usurpado a López. La mirada de Guille se tornó verde dulce en cuanto vio a la mujer que acababa de entrar y que ninguno de ellos se esperaba. A Delia, observadora como siempre, no se le pasaron desapercibidos los efectos que aquellos supuestos en-

cantos producían en Guille. Seguramente por ese motivo muy pronto sintió por la subinspectora una animadversión total.

A Elena, en cambio, la entrada de la policía no le produjo ninguno efecto. No tenía el ánimo predispuesto para sutilezas. Obsesionada como estaba por la desaparición de su novio, y con los indicios que iban encontrando, ni se fijó en la apariencia de la joven policía. En lo que sí se fijó, por supuesto, fue en que aquella chica no era el inspector Valdés.

–¿Usted se ocupa del caso de Marc? ¿Desde cuándo? –preguntó Elena, preocupada por los cambios.

–Desde hace cinco minutos, hablando claro.

–¿Y por qué este cambio? –siguió preguntando Elena, intranquila.

La subinspectora Rovira ni siquiera miró a su interlocutora. Tenía la vista clavada en los papeles del archivo del caso, y los removía, tal vez para distanciarse de tantas preguntas.

–Hay gente que es muy hábil matando dos pájaros de un tiro.

–¿Qué? –dijeron los tres chicos a la vez.

La subinspectora Rovira los miró con frialdad. Parecía molesta.

–Mirad, voy a ser sincera. Hay dos cosas que molestan terriblemente a los inspectores de policía.

–¿Cuáles? –preguntó Delia.

–Una, los abejorros que sobrevuelan su caso. Esos seríais vosotros.

–¡Qué cara! –exclamó Delia, que no daba crédito a las palabras atrevidas y demasiado sinceras de la subinspectora.

–Y la otra –continuó la subinspectora como si nada–, la competencia. Y esa soy yo.

–No lo entiendo –dijo Elena–. Pero usted buscará a Marc, ¿verdad?

–¡Por supuesto! –la consoló Guille–. Parece de lo más eficiente.

–¿Y tú qué sabes de la eficiencia de esta? –saltó Delia, indignada.

La subinspectora Rovira pensó que había llegado el momento de entrar en materia.

–Bueno, he leído el expediente deprisa, claro. No hay casi nada, la verdad. Un joven desaparecido sin dejar rastro...

Delia y Elena casi saltaron de los asientos como dos muelles. Hablaban ambas a la vez y era muy difícil entender lo que decían:

–Sin dejar rastro no... mire... es que...

–Yo lo seguí y pude ver como...

Guille encontró, en aquel desbarajuste organizado por las chicas, una ocasión de oro para hacerse notar:

–Chicas, un poco de calma, que la subinspectora no entiende nada.

Y, dirigiéndose a la policía, empezó a explicar punto por punto las investigaciones que habían estado llevando a cabo, con la inestimable ayuda de Delia, y lo que habían encontrado en el segundo escalón de aquella casa misteriosa.

La subinspectora tomaba nota de todo lo que Guille contaba. Cuando el muchacho mencionó el hallazgo del botón, levantó la cabeza, lo miró a los ojos y alargó una mano:

–A ver.

–¿El botón?

–¡Pues claro!

Guille se quedó mirando a Elena. La chica sacó el botón de uno de los bolsillos interiores de su bolso, con cuidado, como si sacara la reliquia de un santo.

La subinspectora cogió el botón, lo observó durante unos segundos, que a los chicos les parecieron eternos, y luego añadió:

–¿Nunca os han dicho que no se puede sacar una prueba del lugar de los hechos? Este botón, suponiendo que hubiera sido de la camisa de la víctima, está lleno de huellas vuestras. A ver, ¿de qué nos servirá, ahora?

Delia apuntó jactanciosa:

–Bueno... teníamos que traerlo aquí. Es una prueba. Si lo hubiéramos dejado allí, tal vez habría acabado desapareciendo.

–Sí, pero hay una pieza básica para los aprendices de policía. Se llama guante.

Delia estaba que trinaba, mientras que Elena y Guille se hundían en sus sillas como dos gusanillos.

–Muy bien –dijo Delia, casi gritando–. Pongamos que esto no sea una prueba. Pero... ¿qué me dice de lo que yo vi? Yo seguí al chico hasta la mansión. Lo vi entrar, yo...

Mientras los otros dos chicos asentían con la cabeza, la subinspectora Rovira sonrió cínicamente.

–¿A qué te dedicas tú?

–Soy... seré novelista.

–Entonces, lo que mejor se te da es usar la imaginación, ¿verdad?

–Sí... ¡No! ¿Insinúa que me lo he inventado todo? Esto es... ¡es insultante!

La conversación se había ido calentando. Delia sentía tanta rabia que apenas podía reprimir unas lágrimas traicioneras. Guille y Elena hacía rato que estaban fuera de juego.

La subinspectora Rovira recondujo el tema con suavidad:

–Bien, os puedo asegurar que todo se tendrá en cuenta. Pero, por favor, a partir de ahora, dejad trabajar a la policía. Os aseguro que es lo mejor para todos. Y, sobre todo, para el desaparecido.

–Se llama Marc –dijo Elena, tímidamente.

–¿Y nosotros? –saltó Delia, sin abandonar el tono belicoso que había mantenido durante toda la conversación con la subinspectora.

–¿Vosotros? Vosotros, ¿qué?

–¿Qué debemos hacer?

–Nada, evidentemente. Os tendré al corriente de los avances que hagamos, pero...

–¡O sea que nos expulsa del caso! –era Delia quien hablaba, claro–. Pues, oiga, no puede...

–¡Ya lo creo que puedo! –dijo Rovira, más segura de sí misma que nunca–. Además, ¿puedo saber qué interés tienes tú en este caso? Dejando de lado el literario, claro.

Delia enmudeció. La pregunta de Rovira no tenía respuesta. No tenía ninguna excusa que la ayudara a salir de aquel callejón sin salida. De hecho, la respuesta a aquella pregunta era aún demasiado complicada, incluso, para la propia Delia.

IX

Los tres jóvenes salieron a la calle. Caminaban silenciosos, ensimismados en sus pensamientos.

–¡No me gusta! –saltó Delia, de repente.

–¿Quién? ¿La subinspectora? –preguntó, irónico, Guille–. Ni que lo digas; ya se ha notado.

La respuesta del chico, áspera y llena de reproches, se clavó en el corazón de Delia como un dardo envenenado.

–Claro, a ti sí te ha gustado –afirmó la joven, sin poder ocultar su decepción.

–¡Claro que sí! Es una profesional y sabe lo que se hace. Tenemos que dejar que haga su trabajo –y mirando a Elena, que lo escuchaba en silencio, añadió–: Ahora todo irá bien, ya lo verás, Elena.

Aunque Delia no se daba por vencida.

–Pero, ¿no os dais cuenta de que se nos han quitado de encima? Han dejado el caso en manos de una principiante sin experiencia. Ella misma nos ha dicho que acababa de hacerse cargo del caso. Si ni tan siquiera había leído el expediente.

Guille calló. Elena miraba a Delia, preocupada.

–Yo no pienso renunciar.

Elena se detuvo en plena calle. Guille y Delia también se detuvieron.

–Me parece que Delia tiene razón, Guille. Yo tampoco me fío de la policía. No sé, pero eso de que el caso cambie de manos... Además, no nos ha hecho caso. ¡No nos ha creído!

–¡Desde luego que no! –añadió Delia–. Quizá en cuanto nos hemos dado la vuelta ha metido los papeles en la carpeta y los ha archivado para siempre.

Guille sacudía la cabeza en señal de desaprobación.

–Pero, ¿qué estáis diciendo? No hará eso. ¿No veis que está interesada en quedar bien ante sus superiores? Yo sí confío en ella.

Delia aprovechó ese momento de dudas:

–Creo que deberíamos vigilar la casa. Podríamos hacer turnos. Bueno, Elena y yo haremos turnos, ¿no Elena? Si tú también quieres...

Guille se miraba las zapatillas como si allí tuviera la respuesta a todos los enigmas. Aunque negaba con la cabeza, lo hacía con un gesto débil, tan débil que casi pasaba desapercibido.

–Marc es tu hermano, Guille –dijo Elena con voz suplicante–. Que nunca pueda decirse que no hicimos todo lo que estaba a nuestro alcance.

Guille levantó la cabeza y se quedó mirando a Elena, fijamente. Tenía el gesto cansado:

–Muy bien. Como queráis.

Esa misma tarde, Delia, Elena y Guille se encontraron de nuevo para organizar los turnos de vigilancia. Delia llevaba la voz cantante; su interés en el caso no era tan directo, tan personal, como el de Elena y Guille, lo que le permitía mantener la mente clara a la hora de pensar qué hacer. Además, a Delia le encantaba sentirse protagonista y, además, se lo estaba pasando de maravilla con aquella aventura que le había caído en las manos sin buscarla.

Elena, en cambio, desde que conocía más a fondo los detalles escabrosos de la desaparición de Marc, había caído en una tristeza profunda y en un silencio del que pocas veces podía salir. Sonreía tristemente cuando una imagen feliz del tiempo pasado con su chico le venía a la memoria.

Guille estaba completamente convencido de que no descubrirían nada estando allí, vigilando la casa fantasmagórica. El escepticismo lo invadía de nuevo, y se sentía como una marioneta que las chicas arrastraban de un lado a otro a su voluntad. Empezaba a dudar de todo, incluso de que aquel botón que habían encontrado en el jardín fuera realmente de la camisa de Marc. ¿Cuántos botones como aquel se pueden encontrar en el suelo en un solo día? No, el botón no probaba nada. Y puestos a dudar, comenzó a dudar también de la versión que Delia les había dado so-

bre la desaparición de su hermano. ¿Qué se podía esperar de aquella chica alocada? En cambio, la subinspectora Rovira era una mujer tan serena, tan cerebral...

–De momento, la subinspectora no ha ordenado vigilar la casa, que es lo primero que debería haber hecho.

–¿Y tú qué sabes? –contestó Guille, malhumorado.

–Yo no veo ningún coche de policía.

–Sí, mujer. Vendrán de uniforme y con las sirenas puestas...

–Que nos ha tomado el pelo, Guille. ¡Métetelo en la cabeza!

Elena puso fin a la discusión:

–¡Basta! Parecéis niños. ¿Verdad que hemos decidido que nosotros vigilaríamos, independientemente de lo que hiciera la policía? Pues si nos pasamos el día discutiendo no creo que podamos hacerlo bien.

Delia estaba muy seria y miraba a Guille de reojo. Haría cualquier cosa por acercársele un poco, por decir algo que le gustara. Pero parecía como si él rechazara sistemáticamente todo lo que ella decía o hacía.

–Tienes razón, Elena –y, dirigiéndose a Guille, añadió–: ¿Qué te parece si colaboramos?

Guille no contestó.

–Creo –continuó Delia, pasando por alto aquel nuevo silencio de Guille– que deberíamos hacer turnos. Puede ser muy pesado estar horas vigilando la casa.

La joven recibió un nuevo silencio como respuesta.

–Y creo que deberíamos vigilar también de noche.

Ahora el silencio fue sustituido por un grito de Elena:

–¿De noche? Yo...

–Si tienes miedo –le dijo Delia, procurando ser tan amable como podía–, el turno de noche lo haré yo.

Guille también rompió su mutismo:

–¡De noche! ¿No te parece suficiente tontería tener que perder toda la tarde aquí para que ahora también quieras que vengamos de noche?

–¡Guille! Lo hacemos por Marc.

Guille sopló y suavizó el tono de voz.

–Bueno, ya lo sé, pero es que...

–De acuerdo, no hay ningún problema –dijo Delia–. Será mejor que vosotros dos os quedéis ahora a vigilar, yo vendré a las diez y os sustituiré.

Y después de sonreír, añadió:

–No me asusta la noche.

X

La subinspectora Rovira se había puesto en movimiento en cuanto los tres chicos abandonaron «su» despacho. Por un lado, aquel caso que le había caído inesperadamente en las manos era una ocasión única para dejar atrás la humedad oscura del sótano y demostrar a aquella panda de machistas que tenía por compañeros que ella era una policía calificada, y no una Barbie Policía, como bien sabía que la llamaban todos. Por otro lado, aquel caso, el primer caso auténtico que le asignaban en su corta vida de policía, le había despertado un sexto sentido, el olfato que todo buen policía debe tener ante un buen caso. Antes de dar la investigación de aquella desaparición por tristemente cerrada, antes de abandonar a aquel pobre muchacho entre las nieblas grises del archivo de las desapariciones no resueltas, ella tenía que hacer muchas cosas. Y estaba dispuesta a hacerlas.

En primer lugar, leyó el informe completo con atención. Se tomó el tiempo necesario para hacerlo, aunque, como a López le entraron las prisas por recuperar su despacho, Rovira decidió ir a su casa para preparar el trabajo a fondo.

Aislada en la pequeña habitación que hacía las veces de sala y de despacho, la policía empezó a introducir datos en su ordenador personal: nombres, fechas, lugares... un rompecabezas cuyas piezas, colocadas en el lugar correspondiente, tenían que llevarla a resolver el primer reto de su carrera. En el tablero que había en la pared donde se apoyaba el escritorio, colgó la foto de Marc que encontró en el informe. Se quedó mirándola mucho rato: los ojos oscuros, el rostro anguloso, tan parecido al del otro chico, su hermano... Era un rostro humano, el rostro de alguien que en ese momento podía estar en peligro. Podía estar sufriendo. La cara del chico se le quedó grabada en el cerebro; ahora tenía la sensación de que lo conocía, que tenía algo en común con Marc. Estaba a punto para empezar el trabajo.

Eran las nueve de la noche y una incipiente oscuridad empezaba a adueñarse de la ciudad. Guille y Elena continuaban firmes en su puesto de vigías en aquella esquina desde donde Delia decía que había visto a Marc entrar en la casa tras la misteriosa chica. El cansancio los iba venciendo poco a poco. Ahora, ambos estaban sentados en el suelo, apoyados en la pared de la casa de la esquina. Guille llevaba puestos los auriculares del reproductor de música que siempre llevaba en la mochila, y seguía el ritmo de la música con un leve movimiento de cabeza. Elena, que parecía hipnotizada

por el misterio que desprendía aquel lugar, no apartaba su mirada del edificio. Aunque la razón se negaba a aceptar esa posibilidad, el corazón le decía que Marc podía salir de un momento a otro por la misma puerta que lo había engullido.

De repente, un ruido proveniente de la casa hizo que se levantara de un salto. Tenía los músculos tensos, los sentidos alerta. Pasaron unos segundos en que lo único que oyó fue el ruido del silencio, de aquel maldito silencio que se metía dentro de los oídos y provocaba desazón. Pero muy poco después oyó otro ruido. Ahora no dudaba. Aquellos sonidos provenían de la casa. Asustada, se agachó y sacudió a Guille: una, dos, tres veces, hasta que finalmente el chico se quitó los auriculares y dijo:

–¿Qué ocurre? ¿Por qué pones esa cara?

–Un ruido, Guille. He oído un ruido que venía de allí –y señaló la casa con el dedo.

–Lo habrás soñado...

Pero Guille no pudo acabar la frase, porque en aquel preciso momento la puerta del viejo caserón se abrió, y de su interior salió una figura que vieron borrosa por la distancia.

Guille y Elena se quedaron mudos, sin respiración, e instintivamente retrocedieron unos pasos. Tuvieron que esperar un poco, hasta que el ruido metálico del cerrojo les indicó que aquella persona, quien fuera, acababa de salir de aquel silencio, de aquella nada, y que estaba a punto de pisar la calle.

–¡Ostras! Es la chica morena que nos describió Delia. No hay duda –y, mientras lo decía, Guille apretaba el brazo de Elena empujándola hacia atrás para protegerla.

–Es verdad, coincide con la descripción.

–Quédate aquí. Yo la seguiré.

Elena se volvió hacia Guille. Tenía los ojos húmedos, pero la voz firme y segura:

–¡No! Lo haré yo.

Guille estuvo a punto de responder algo, pero se detuvo. Elena le había puesto suavemente un dedo en la boca, sellándole los labios:

–Tú no, Guille. Ya se llevó a Marc. Será mejor que la siga yo.

Y Guille se lo permitió, impotente ante la firme decisión que la joven había tomado.

Ambos siguieron en silencio los movimientos de la chica, que, con pasos rápidos y ágiles, se alejaba en dirección a la plazoleta. Cuando desapareció de su campo de visión, Elena cruzó decidida la calle y, a una distancia prudente, empezó a seguirla.

Guille la vio marchar con el corazón encogido.

–¿Y qué hago yo ahora? –se dijo en voz baja.

La calle de las Glicinas había vuelto a sumirse en un silencio que solo rompía, de vez en cuando, el grito agudo de un estornino, o el ruido sordo del motor de un coche lejano. Guille se puso a andar con pasos suaves y silenciosos. El siniestro caserón se levantaba ante él. Y le pareció que lo llamaba, invitándolo a entrar.

Cruzó la calle y se acercó a la verja. Empujó la puerta, que se abrió dócilmente soltando un ruido de viejo y oxidado. Un escalofrío le recorrió el espinazo. Por un momento, le pareció oír voces. Le pareció oír que Marc lo llamaba desde un escondite recóndito y misterioso. Desde su prisión.

Avanzó por el jardín abandonado. La última luz del día desaparecía agónicamente. El ruido de las hojas que se columpiaban en los árboles se unió al rumor de voces. A medida que se acercaba a la casa, Guille tenía la sensación de oír cánticos, cánticos que le eran familiares. La fuerza del viento aumentaba y cada rincón del viejo caserón se lamentaba con pena: los postigos chirriaban, las puertas estallaban. Guille subió el primer escalón. Ahora ya no podía volver atrás. No sabía si lo que oía era real o si solo era fruto de su imaginación, trastocada por el miedo, un miedo que no le impedía seguir avanzando, a pesar de todo, hasta tocar el umbral de lo desconocido. Subió el segundo escalón, el tercero... La puerta de la casa se abrió dejando entrever los secretos de las tinieblas.

Guille sintió que el frío le inundaba el cuerpo y se le metía dentro. Avanzó unos pasos, aún unos pasos más. Una extraña presencia lo rozó. La cabeza comenzó a darle vueltas. Después, nada.

XI

Cuando le comunicaron a Joan Martí que una policía preguntaba por él, palideció un poco más de lo habitual; parecía que se había convertido en una figura de cera, pero hizo un esfuerzo por aparentar cierta normalidad ocultándose tras la máscara de indiferencia que llevaba siempre puesta.

La subinspectora Rovira lo esperaba en una pequeña sala que se usaba para el descanso del personal. Había poco mobiliario: un par de mesas de fórmica, seis o siete sillas viejas y una máquina de café que daba pena, además de un sofá tan roñoso que había caído en el más absoluto de los abandonos. A nadie se le habría ocurrido sentarse en él.

–Me han dicho que quería verme de nuevo.

La subinspectora levantó la cabeza y observó al chico de abajo a arriba. Sonrió, divertida:

–¿De nuevo? Que yo sepa es la primera vez que nos vemos.

–Pero yo ya se lo he contado todo a la policía, todo...

–Ahora el caso es mío –lo cortó la subinspectora, sin contemplaciones.

Joan Martí se sentó en el otro extremo de la mesa, donde se amontonaban vasos sucios con restos de café, llenos de colillas. Estuvieron unos segundos en silencio, observándose.

–Respóndame: ¿En qué trabajaba su amigo cuando desapareció?

La pregunta cayó como una bomba en medio de la habitación. Los ojos del chico la recorrieron completamente, como si buscara un hueco por donde escaparse.

–Yo... yo no tengo ni idea. A... aquí todos hacemos nuestro trabajo y no comentamos dema... demasiadas cosas.

–Pero ustedes eran amigos. Seguro que hablaban de su trabajo.

–Compañeros.

–¿Cómo?

–Que solo éramos compañeros.

Un nuevo silencio inundó la habitación, al tiempo que, tras los cristales, las primeras sombras de la noche empezaban a envolver la ciudad.

–Supongo que no le importará que eche un vistazo a sus papeles, a su ordenador...

–Yo... necesita un permiso, ¿no?

El sonido impertinente del móvil de la subinspectora reclamó su atención. Después de una conversación en la que la joven solo intercambió algunos monosílabos, se levantó:

–Bueno, ahora tengo que irme. Mañana continuaremos la conversación, si no le importa.

La mujer policía salió rápidamente de la habitación. Joan Martí se quedó sentado en la misma posición, sin mover ni un músculo. Solo la sombra que le oscurecía los ojos delataba lo que le pasaba por dentro.

XII

La persecución de la chica de melena negra resultó muy breve. Mucho más de lo que Elena hubiera deseado. En efecto, en cuanto la misteriosa desconocida llegó a la plaza, se esfumó como si se tratara de una nube de verano.

Elena cruzó la plaza un par o tres de veces. Miró y remiró en todas direcciones. Recorrió y volvió a recorrer en dirección contraria, con pasos cada vez más nerviosos, cada una de las calles que iban a dar a la plaza. Llegó hasta la parada del metro, la estación por la que salieron la primera vez guiados por Delia. ¡Nada! La chica se había evaporado en un abrir y cerrar de ojos. Sin aliento, deshizo sus pasos y regresó al callejón donde la esperaba Guille.

Lo que vio al llegar a la calle de las casas con jardín la dejó plantada en el suelo, sin respiración. Las luces intermitentes de dos coches de policía, aparcados en la acera delante del viejo caserón, así como la cantidad de gente

que se movía arriba y abajo, le helaron la sangre y le hicieron temer lo peor.

–Marc... –murmuró con un hilo de voz que se negaba a salir de su boca.

Miró a su alrededor con los ojos abiertos de par en par, buscando un rostro conocido entre la confusión. Por suerte, enseguida lo encontró.

–¡Elena! ¡Elena! –gritó Delia, braceando para hacerse ver.

Elena se alegró sinceramente de volver a ver a la chica y corrió hacia ella.

–¿Qué ha pasado, Delia? ¿Y Guille? Se ha quedado aquí porque... No te lo vas a creer... ¿Sabes a quién hemos visto salir de la casa?

Pero Delia estaba demasiado asustada para oír las palabras de Elena:

–Elena, ¡ha pasado algo muy gordo!

–Marc, ¿verdad?

–¿Marc? –preguntó Delia, sin entender la desazón que recorría el interior de Elena desde que había llegado al callejón–. No. Todavía no se sabe nada de Marc. Es Guille. Ha desaparecido.

Delia lo soltó como una bomba, y Elena sintió que el fuego de aquella nueva pena le abrasaba las entrañas.

Una tercera voz se unió a la de las chicas. Era la subinspectora Rovira.

–Veo que Delia ya te lo ha comunicado.

Elena aún no había recuperado el habla. Miraba a Delia, y después a Rovira, y miraba la casa balbuceando palabras inconexas.

–Yo... él... estaba aquí hace un momento... la chica... la chica...

Elena se apoyó en la fría pared de la casa de la esquina. El mundo se había vuelto loco y se tambaleaba bajo sus pies.

–¿Una chica? –preguntó Delia–. ¿De qué chica hablas?

–Bueno, uno de mis hombres ha seguido a Elena cuando ha salido del callejón –respondió extrañada la subinspectora–, pero no me ha hablado de ninguna chica.

Hizo una pausa para ordenar sus pensamientos:

–Otro ha seguido a Guille cuando ha entrado en la casa. Y ha visto cómo subía los escalones y abría la puerta, pero cuando lo ha seguido, se ha dado cuenta de que no había nadie dentro. Solo oscuridad, soledad y olor a rancio. Entonces me ha llamado y he venido enseguida hacia aquí.

Elena se tapó los oídos para no seguir escuchando. Ya no podía más.

–¡Es culpa mía! ¡Es culpa mía! –gritaba como enloquecida–. Yo lo he metido en todo esto. Él no quería. Guille ha seguido la misma suerte que Marc. ¡Los dos están muertos! ¡Los dos están muertos!

Delia intentó consolarla:

–Pero Elena, ¿qué dices? No debemos pensar que están muertos. Seguro que...

Elena echó a correr con la mirada extraviada. Delia trató de detenerla, pero la subinspectora se lo impidió:

–Déjala. Tiene que desahogarse.

La noche extendió, definitivamente, su negro manto sobre la ciudad. La calle, la casa, los árboles se convirtieron en sombras. Todo tomó un aire un poco más misterioso todavía.

XIII

La subinspectora Rovira no perdía el tiempo. Como si en lugar de piernas y brazos tuviera tentáculos que llegaran a todas partes, su investigación se extendía por varios frentes, ayudada, eso sí, por otro joven policía ávido de oportunidades: Roger Roura.

–Roger, ¿qué hay de lo que te he encargado?

Estaban los dos solos en la sala-despacho de la joven. El tablero de la pared se había ido llenando a toda prisa de papeles, y el *dossier* de la desaparición del joven Marc Barrils, que había adquirido un grosor considerable, se extendía por la mesa en un perfecto y controlado desorden.

–He inspeccionado los ordenadores de los dos chicos, como me has pedido, el del desaparecido y el del otro, el del tal Martí.

–¿Y...?

–Es muy raro... en el del desaparecido no hay nada de nada. Ningún trabajo empezado, nada...

La subinspectora se quedó pensativa y dijo, como si hablara solo para ella:

–Sí, es raro.

Enseguida recuperó el habla ágil y segura y preguntó:

–¿Y en el del otro?

–Está trabajando en un artículo sobre nuevos juegos de ordenador, recién llegados al mercado. El director del periódico me ha comentado que es un verdadero experto.

La joven hizo un gesto significativo con las cejas:

–Y no te ha comentado nada de lo que estaba haciendo Marc antes de desaparecer.

Roger sonrió, triunfalmente:

–No te lo vas a creer: estaba trabajando en la desaparición misteriosa de jóvenes en la ciudad.

–¡No me digas!

–Sí. Por lo visto había estado viendo los archivos policiales y había avanzado mucho en el tema, porque el día antes de desaparecer le comentó a su jefe que estaba sobre una pista muy valiosa y que esperaba hacer un reportaje sorprendente. Pero Marc todavía no le había mostrado nada. Lo tenía todo en su ordenador.

–Y ahora su ordenador, ¡está vacío!

–Quizá se lo llevó todo a su casa.

–Es raro –repitió la subinspectora.

–Ah, y todavía hay más. Según los compañeros del chico, la supuesta amistad con Joan Martí no era ni amistad ni era nada. Por lo visto, el tal Martí no se relaciona con nadie del periódico, pero se había pegado a Marc como una lapa. No se lo podía quitar de encima. Todo el mundo habla de

ese Martí como de un tipo gris, encerrado siempre en su caparazón. Aparte de su afición a los juegos de rol y de ordenador, poco más saben de él.

La joven lo escuchaba en silencio. Estaba quieta, pensativa ante la pantalla del ordenador. Roger aprovechó aquella breve pausa para acercársele por detrás. Apoyándose en el respaldo de la silla, se acercó a la chica. Suavemente, insinuando, le dijo:

–¿No puede tomarse un descanso la subinspectora para ir a cenar?

Ella esbozó una media sonrisa irónica, casi imperceptible, a sabiendas de que él no le veía el rostro. Se dio la vuelta y se levantó de la silla. Recuperó la expresión adusta y la voz helada que le eran habituales:

–No me hagas perder tiempo, Roger. No estoy para cenas.

La subinspectora Rovira cogió la chaqueta de piel del perchero y se la puso. Salió de su casa seguida de Roger, que estaba un poco decepcionado.

–Bueno, supongo que sabes qué hay que hacer ahora, ¿verdad?

–Mujer...

–Pues vamos. Te lo cuento por el camino.

Cerró la puerta del pequeño apartamento y, después, lanzó un llavero a las manos de su colaborador:

–Conduces tú.

Y, sonriendo sarcásticamente, dijo lo bastante alto para que Roger la oyera:

–Cena...

XIV

Elena echó a correr, sin rumbo fijo, con la mirada extraviada. Le pareció que el tiempo detenía su lento vagar y que se hundía en una nebulosa donde todo era verdad y todo era mentira. La cabeza le hervía. El corazón le latía con furia, como si quisiera escaparse de aquel cuerpo abrumado por tantas desgracias.

Se sentía agotada y se detuvo. Se pasó el dorso de la mano por los ojos anegados y, entonces, se dio cuenta de que no sabía dónde estaba. Nunca antes había pisado aquella calle estrecha y sucia. Y suponiendo que lo hubiera hecho, la oscuridad que la envolvía no le permitía reconocerla. Intentó orientarse, cuando, de repente, oyó un leve rumor de pasos. Se asustó. Comenzó a caminar, primero despacio, procurando hacer el menor ruido posible. Tenía la esperanza de que aquella calle fuera a dar a una avenida, o una plaza, a un lugar más abierto. El ruido cada vez

se acercaba más, y Elena empezó a caminar a buen paso. Casi corría cuando una mano la agarró por el hombro. Un grito se le escapó de la garganta, al tiempo que se daba la vuelta, y entonces...

–¿Guille? Guille, ¡tú...!

Los cuatro cafés humeaban sobre la mesa. Hacía rato que habían dado las doce, y Guille, Delia, Elena y la subinspectora Rovira estaban sentados en un bar del centro de la ciudad. Se habían citado allí, después de que Elena y Guille se hubieran encontrado en tan extrañas circunstancias y hubieran avisado a la policía. Los sentimientos que los embargaban eran diversos, y se traducían en las expresiones de sus caras: desde la frialdad profesional de la subinspectora pasando por la mueca interrogante de Delia, hasta los ojos ausentes de Guille o la mirada más serena de Elena, que, tras la enorme alegría que había sentido al reencontrarse con Guille en aquel callejón desconocido, parecía haber suavizado la tristeza que la invadía desde hacía tiempo, desde que Marc no estaba.

La subinspectora Rovira sacó una libretita de su bolso y un rotulador metálico, todo muy de diseño, y se dirigió a Guille. Aquello tenía pinta de convertirse en un interrogatorio en toda regla:

–Bueno, Guille, ¿qué nos cuentas?

–¿No es un mal momento para empezar con las preguntas? –interrumpió Delia, sin disimular la poca simpatía que la joven policía despertaba en ella–. Guille aún está muy confundido.

Más que confundido, Guille estaba mudo, blanco como una vela. Elena le apretaba con fuerza la mano, como si quisiera impedir que volviera a desaparecer.

–Por eso mismo –puntualizó la subinspectora–. Cuanto antes se resuelva el misterio, mejor para él y para su hermano. Porque es eso lo que queréis, ¿no? Que encontremos a su hermano.

Delia se la quedó mirando con cara de pocos amigos, pero calló.

–Dime, Guille, ¿por dónde has salido de la casa? La teníamos vigilada. Mis hombres te han visto entrar, pero no te han visto salir.

Guille clavó la mirada, de un verde de tormenta, en el rostro interrogante de la policía:

–Yo... no lo sé. No lo recuerdo.

–¿En serio que no recuerdas nada? ¿Ni tu visita a la casa?

Guille cerró con fuerza los ojos y, sin darse cuenta, apretó un poco más la mano amiga de Elena.

–Recuerdo vagamente que estaba dentro de la casa.

–Muy bien. No te detengas, Guille.

–Había una escalera...

–Ostras, lo está pasando fatal –gruñó Delia–. ¿No se da cuenta que está en estado de *shock*?

–¡No lo interrumpas! –la cortó, áspera, la subinspectora–. Lo mejor para él es recordar. Continúa, Guille, por favor.

–No lo sé... los peldaños... creo que empecé a subir unos peldaños, pero todo estaba muy oscuro –la cara de Guille se contrajo en una mueca de angustia. Recordar su paso por la casa removía algo muy oscuro en su interior.

–¿Subiste una escalera, Guille? ¿Adónde conducía esa escalera? ¿Qué más viste?

–Nada. Hacía frío. Mucho frío. Sí, un frío horrible y estaba muy oscuro.

Guille clavó los ojos en un punto lejano y calló. Parecía que la conversación se había detenido ahí. La subinspectora hizo un gesto de contrariedad casi imperceptible, que sin embargo no se le escapó a Elena. Ella también tenía mucho interés, un interés muy personal, en que Guille recordara todo lo que había vivido dentro de aquella maldita casa.

–Guille –dijo Elena poniendo su voz más dulce. Es necesario que recuerdes. Lo que tú puedas recordar puede significar la salvación de Marc. ¿Qué más hiciste? ¿Subiste la escalera? ¿Adónde iba aquella escalera?

–No lo sé... Vi una escalera y... empecé a subir y...

Guille se detuvo en seco. Estaba confundido. Las tres chicas se quedaron mirándolo fijamente, esperando algo, una revelación que abriera alguna puerta a la esperanza.

–Entonces... no lo sé... entonces estaba en una calle, y te vi a ti. Bueno, al principio no sabía que eras tú. Solo oí pasos delante de mí y los seguí.

–¿Por qué?

–¡No lo sé! No sabía cómo había llegado hasta allí. Lo único que oía era el ruido de aquellos pasos.

Guille tragó saliva.

–Por un momento creí que estaba en el infierno.

–Pobre... –dijo Delia, compadecida.

–Después –continuó el chico–, tú te pusiste a correr y

yo también. No sé por qué corría. Llegué a tu lado y me di cuenta de que eras tú, Elena. No entiendo qué estaba haciendo allí. Nunca antes había estado en aquella calle.

–Esto se complica cada vez más –suspiró Delia.

La subinspectora Rovira cerró la pequeña libreta donde había apuntado algo, muy poco. Se acabó el café de un sorbo y dijo:

–El callejón donde os hemos encontrado está muy cerca de la calle de las Glicinas. Estabais desorientados los dos, pero no habíais caminado mucho. Y ahora os acompañaremos a casa, a los tres. Y desde este momento estaréis bajo vigilancia policial.

Los tres chicos se intercambiaron una mirada inquietante. Como era de esperar, Delia saltó primero:

–¿Eso significa que nos tendremos que quedar en casa, quietecitos, sin hacer nada, esperando noticias como si fuéramos prisioneros?

Rovira empezaba a sentirse molesta por las continuas salidas de tono de Delia. Su respuesta no se hizo esperar:

–Eso significa que detrás de todo esto hay algo que no me gusta nada, que me huele muy mal y que creo, firmemente, que estáis en peligro.

Suavizó el tono de voz y prosiguió:

–Mirad, no me he limitado a poner unos hombres vigilando la casa, ¿sabéis? He estado investigando, he removido archivos y he conseguido saber que esta casa está abandonada desde hace treinta años al menos y que en ella no vive nadie. Sobre ella pesa un litigio que hace imposible su compra o su

derribo. El último propietario fue un tal Alejandro Surroca, un hombre de buena familia que por lo visto dilapidó toda su fortuna en pocos años. Desapareció sin dejar rastro, pero sí dejó un montón de facturas impagadas. La casa fue reclamada por los únicos parientes de Surroca, que tuvieron que esperar unos años hasta que este fue declarado oficialmente muerto. Entonces, cuando ya parecía que no había ningún otro impedimento legal para que los herederos se pudieran hacer cargo de la casa, apareció un supuesto sobrino que reclamó los derechos sobre la propiedad y puso un pleito. Y la cosa todavía está así. Como sabéis, los asuntos legales se resuelven con lentitud, y más cuando hay tantos intereses de por medio.

–¡Ostras! –exclamó Delia–. Aquí hay material para dos novelas.

–Pues todavía no he terminado. También he estado preguntando a la gente del barrio. Es la manera de averiguar los detalles que los documentos oficiales no recogen, ¿sabéis?

–¡Claro! –dijo Delia entusiasmada con aquella historia–. ¿Y qué ha averiguado?

–No me han contado gran cosa, pero a veces los silencios hablan. En cuanto nombro la casa, que todo el mundo conoce como la Casa de las Glicinas, la gente enmudece. Pero sus ojos hablan, tienen miedo. La gente tiene miedo de la casa, no sé por qué, pero lo tiene. Además, por lo visto, en todos estos años la calle se ha ido despoblando. Hasta hace poco, solo otra de las mansiones estuvo ocupada por un grupo de jóvenes. Unos okupas que acabaron marchándose de un día para otro.

La joven policía calló y se quedó pensativa. También aquel silencio hablaba por sí solo. Finalmente, dijo:

–Bueno, no sé si os debería haber contado todo esto, pero...

Los tres chicos miraban a la subinspectora en silencio. Ella se levantó decidida de la silla:

–Y, ahora, a casa. Demasiadas emociones en un solo día. Tenéis que descansar.

XV

Para Guille, la noche no fue más generosa que el día. A pesar de que tenía el cuerpo molido, como si hubiera pasado horas trabajando en una cantera o escalando montañas, fue tumbarse en la cama y empezar a dar vueltas y más vueltas. Sudaba. Tenía el cuerpo empapado de un sudor pegajoso. Aquella prometía ser una noche de insomnio. Se revolvía, nervioso: ahora hacia un lado, ahora hacia el otro. Apretaba los ojos con rabia, como si quisiera atrapar el sueño que lo esquivaba. Comenzó a notar que le costaba respirar, que un peso muy grande le oprimía el pecho, como si tuviera una gran piedra encima. El corazón se le estremecía bajo un sentimiento que le llenaba la boca de un sabor agrio, y el cerebro, de sombras. Era una sensación desagradable, pero extrañamente conocida. Entonces, los recuerdos empezaron a retorcer su mente. Comenzó a rememorar imágenes inconexas, imágenes que le hablaban de cosas funestas. Y fue entonces, justo en ese instante,

cuando recordó la melodía siniestra. Al oírla, le había parecido extrañamente conocida. En primer lugar, voces femeninas se alzaban al cielo, llenas de una ingenua pureza, pero, como un trueno, voces masculinas se mezclaban repentinamente y, juntas, invocaban fuerzas desconocidas y terribles que solo podían pertenecer al otro lado de la sima. Los cánticos se convertían en gritos, alaridos salvajes. Y, en medio de aquella serenata de las tinieblas, oyó claramente la voz de Marc:

–Guille... Guille... Ayúdame...

Y volvió a ver los peldaños que conducían hacia la nada. Comenzó a subir de nuevo la misteriosa escalera. Arriba, en medio de la oscuridad, podía distinguir la silueta familiar de Marc. Le tendía una mano temblorosa, y él se le acercaba deprisa, jadeante... hasta que llegó un momento en que se desvaneció la imagen.

Guille se incorporó. Estaba empapado y gritaba. Su rostro reflejaba una angustia que no parecía provenir de ningún sufrimiento de este mundo. Su madre entró precipitadamente en la habitación y, al verlo, también gritó. Se abrazaron y lloraron los dos, madre e hijo.

–Mis hijos... mis hijos –repetía una y otra vez la madre de Guille entre sollozos, mientras el padre observaba la escena con los ojos perdidos de impotencia. Estaba de pie en el umbral de la habitación de sus hijos. Una de las dos camas estaba vacía.

XVI

Elena y Guille habían salido escarmentados de su intento de hacer de policías. Las pesadillas del chico se repetían una noche tras otra. Adelgazaba. La luz antes alegre de aquellos ojos verdes se iba apagando. Solo las visitas de Elena y de Delia parecían sacarlo de un silencio enfermizo.

Las noticias que les daba la subinspectora Rovira cuando los llamaba eran más bien escasas, por no decir inexistentes. El caso no avanzaba. Joan Martí se había vuelto muy escurridizo y la investigación flotaba en una especie de punto muerto, no iba ni hacia delante ni hacia atrás. Había pasado una semana desde que Guille había entrado en la casa y, desde entonces, se respiraba una calma terca y desesperante. Los policías, que hacían turnos de noche y de día para vigilar la casa, empezaban a estar hartos. ¿No sería producto de la imaginación de aquellos chavales curiosos?, se preguntaban escépticos. ¿Qué había sido de la

chica misteriosa que decían que habían visto salir de la casa? Que el chico había entrado en la casa era cierto, uno de ellos lo había visto y lo había seguido, pero el chaval no recordaba nada, y la aparición misteriosa en un callejón desconocido... ¡Patrañas! Historias de adolescentes demasiado impresionables. Y aquella pava, la Barbie Policía, como la llamaban los más osados –eso sí, en voz baja– aquella solo era una pretenciosa sin experiencia, y con muchos humos, que les estaba haciendo perder el tiempo a todos.

Así estaban las cosas una tarde en que Elena y Delia se encontraron en casa de Guille. Delia visitaba al chico todos los días. Había empezado a escribir una historia de misterio, en la que el protagonista era, evidentemente, Guille. Pero ese era su secreto. Estaba nerviosa. Cada día más nerviosa. Parecía que cada vez tenía un interés más personal en aquella historia en que se había visto envuelta por casualidad. Y aquel intervalo, aquella falta de acción, de noticias, la sacaba de quicio. Y, naturalmente, culpaba de todo a la subinspectora Rovira, de quien pensaba que era una incompetente.

Elena, por su parte, había caído en una especie de sopor constante. Era como si no viviera en el mundo real: hablaba de Marc como si tuviera que salir de casa de un momento a otro para ir a su encuentro. Ignoraba el estado enfermizo de Guille y, cuando lo visitaba, hablaba con él de mil cosas intrascendentes, pero nunca de lo que pasó. Quizá era el precio que pagaba por la supervivencia, por la cordura. Elena había optado por ignorarlo todo antes que seguir sufriendo.

Ese día, Delia y Elena se pasaron un par de horas haciendo compañía a Guille. Elena le había obsequiado con un CD nuevo, uno «que le gusta mucho a tu hermano», había dicho. Delia casi no abrió la boca en todo el tiempo.

Fue Elena quien se despidió primero. Quería volver a casa antes de que oscureciera. Ahora tenía miedo de la oscuridad. Guille se levantó para acompañarla hasta la puerta.

Delia se quedó sola en la habitación de Guille. Era una habitación ancha, grande, con las dos camas de los hermanos, estantes con libros en las paredes y un escritorio con el ordenador. Se acercó, atenta al ruido de las conversaciones que le llegaban desde el recibidor. En una de las baldas más bajas se amontonaban juegos y cedés. Delia empezó a trastear por la habitación, nerviosa. Las manos le iban muy deprisa, y el corazón también. De repente, un poco más arriba, se topó con lo que buscaba: un álbum de fotos. Lo hojeó deprisa y, sin dejar de mirar hacia la puerta, cogió lo que buscaba: una foto de Guille.

Cuando el chico volvió a la habitación, Delia estaba sentada plácidamente a los pies de la cama de Marc. Parecía que ni siquiera hubiera cambiado de postura.

XVII

Delia estaba tumbada en la cama, la mirada fija en el techo, y la foto de Guille pegada al pecho. Ella no se había dado por vencida como los demás. Claro que tenía que admitir que ellos tenían motivos de sobra para sentirse abatidos, para abandonar la investigación. En cambio ella..., ella tenía la suerte de poder tratar el caso con una mirada objetiva, sin sentimientos ni pasiones que estorbasen el análisis frío de los datos.

¿Los datos? Pero, ¿qué datos tenían hasta ese momento? Había que hacer una lista con todo lo que sabían, lo que habían descubierto, y otra con lo que se debería averiguar al volver al lugar de los hechos. Porque, naturalmente, ella pensaba volver al lugar de los hechos por mucho que esa policía de diseño se opusiera.

¡La subinspectora! Ahora que lo pensaba, les había dicho: «Los silencios de la gente, a veces, hablan por sí solos.

La gente del barrio tiene miedo.» ¿Cómo no había pensado antes en eso? ¡Era cierto! Los silencios... ¿Y si empezaba por ahí? Es cierto que la gente suele desconfiar de la policía, pero ella no era una policía como la subinspectora Rovira; ella era una chica normal y corriente que podía inspirar confianza si se lo proponía. Un buen novelista debe tener dotes de actor y, si es necesario, ser camaleónico. Estaba segura de que la gente del barrio tenía información que los documentos oficiales no recogían. ¡Ese era el camino a seguir!

Vestida con vaqueros y camiseta y con una carpeta grande bajo el brazo, Delia pasaba perfectamente por una estudiante de primer curso de cualquier facultad. Era la imagen de la inocencia, de la juventud, de la frescura. Vestida de aquella manera tan sencilla, daba una imagen mucho menos agresiva, más convencional que la que solía dar. Era una imagen perfecta para no levantar sospechas.

Salió de casa y se dirigió al metro. Durante el viaje, el optimismo y el pesimismo se mezclaban a partes iguales en su interior. ¿Y si nadie hablaba? ¿Conseguiría algo importante haciéndose pasar por una estudiante que busca datos para hacer un trabajo? ¿O acaso había visto demasiadas películas de misterio? ¿Y si no encontraba a la persona adecuada con quien hablar? Pero cuando casi estaba convencida de que lo que iba a hacer no tenía ni pies ni cabeza, una vocecita interior se revelaba y le decía lo contrario. Hasta ese momento había tenido suerte. Una serie de casualidades, de imponderables, la habían hecho avanzar

por aquel tablero lleno de misterios como si ella fuera una ficha de damas que las manos de un jugador invisible hacían jugar. En fin, no podía pensar más. Tenía que dejarse conducir por la fuerza de los acontecimientos y no hacerse más preguntas que las estrictamente necesarias.

Delia salió del metro y empezó a subir las calles empinadas de aquel barrio, desconocido antes y que, ahora, ya le empezaba a resultar familiar. Se detuvo en la plaza y se sentó en un banco. Sacó la libreta del bolso y empezó a hacer una lista de todo lo que había en la plaza. Mientras lo hacía, se dio cuenta de que siempre que había pasado por allí lo había hecho de paso, a toda prisa, con la única finalidad de llegar a la calle de las Glicinas. Ahora, sin embargo, se daba cuenta de que la plaza también tenía un nombre, plaza de la Fuente, porque había una pequeña y vieja en el rincón más sombreado de la plaza que obsequiaba con un delgado y fresco chorrito de agua a los vecinos y paseantes, y que, al parecer, debía de hacer un montón de años que estaba allí. También observó los bancos, como el que ocupaba ella; eran flamantes, de diseño sencillo pero moderno, lo que contrastaba fuertemente con la fuente y el resto del mobiliario de la plaza, como las farolas o las tiendas de siempre... ¡Las tiendas! Una enseguida le llamó la atención. Era una tienda de comestibles. El escaparate y el interior no habían sido actualizados, y lucían con cierta dignidad y simpatía sus muchos años. En cambio, allí donde antes seguramente lucía un rótulo con la palabra *Comestibles*, o quizá *Colmado*, ahora había uno moderno, que desentonaba con el resto y donde se leía «Alimentación Casadevall». Frente a la entrada, sentada

en una silla de anea, una viejecita tomaba el sol del mediodía. Tenía un porte sabio y la mirada un poco perdida de aquellos que ya lo han visto todo. Seguramente era una de las más antiguas espectadoras de la vida del barrio. Al pensarlo, el corazón de la chica dio un vuelco y su intuición natural se puso en alerta. Sin pensarlo más, se dirigió hacia la viejecita que estaba sentada a la puerta de la tienda.

A pesar de que la saludó de la forma más amable que sabía, la vieja no dio señales de vida, al contrario, permaneció en aquella postura estática y con aquella mirada perdida como si no hubiera oído la voz de la chica. Ella insistió:

–Buenos días, señora. ¿Qué? Tomando el sol, ¿verdad? Hoy hace buen día. Mire, yo estudio y estoy haciendo un trabajo sobre el barrio y...

–¿Tú también entraste en la casa? –preguntó de pronto la vieja, sin casi mover los labios y con la mirada perdida en el mismo punto infinito de antes.

Dentro del cerebro de Delia los pensamientos se amontonaban. ¿Aquella pobre vieja tenía, realmente, la clave de los secretos que ella luchaba por conocer o simplemente divagaba entre las nieblas de la senectud? No lo sabía, pero estaba decidida a averiguarlo.

–¿La casa? ¿De qué casa me habla?

–No entres nunca en la casa, ¿me oyes, muchacha? –la vieja había clavado la mirada gris y dura en el rostro cada vez más sorprendido de la chica. Después la volvió a perder en algún lugar impreciso–. Nadie debería entrar nunca más en esa casa.

Delia estaba asustada. Le preocupaba que la mujer callara, tenía que hacerla hablar a toda costa, porque lo que estaba más claro que el agua era que había ido a dar, otra vez, en el clavo. La suerte le favorecía o, al menos, eso pensaba ella en aquel momento.

–¿Y por qué dice que nadie debe entrar en la casa? Dígame, ¿cree que hay algún peligro?

–El muerto no está muerto, y quien entra no sale nunca más.

A Delia estuvo a punto de caérsele el lápiz al suelo. No podía dar crédito a lo que oía, aunque no entendía nada de nada:

–¿El muerto no está muerto? ¿De qué muerto habla? ¿Quién no sale nunca más? ¿De dónde?

Una voz que provenía del interior de la tienda se interpuso en la conversación entre Delia y la vieja:

–Abuela, ¿con quién habla?

Una mujer de mediana edad, con el rostro férreo surcado de arrugas prematuras y vestida de trabajo, con delantal, salió fuera. Tenía la misma mirada nublada de la vieja y, como enseguida pudo comprobar la chica, tenía peor carácter.

–¿Qué le ha dicho? –preguntó a Delia.

–Nada. Charlábamos sobre el tiempo –mintió la chica, como si quisiera proteger a la pobre vieja y la confusa información que le había dado.

–El muerto no está muerto –repitió en ese preciso momento la abuela.

Se hizo un silencio tenso que Delia trató de romper con una media sonrisa.

–¡Abuela! –gritó la mujer–. ¿Otra vez? –y, dirigiéndose a la chica, que se había quedado envarada con aquella sonrisa idiota colgada de oreja a oreja, añadió–: Espero que no la haya molestado. Es muy vieja y no rige. Se inventa historias, ¿sabe?

Delia intentó detener a la mujer, que ya había hecho que la vieja se levantara de la silla y se la llevaba dentro. Pensó que si perdía a aquella viejecita de vista, perdería también una pista importante, y decidió ganar tiempo:

–Oiga señora..., solo un momento, por favor. Soy estudiante y estoy haciendo un trabajo sobre el barrio. Su..., la abuela..., bien, ¿qué ha querido decir con eso de que el muerto no está muerto? Y también ha hablado del que entra y ya no...

La mujer se le encaró, furiosa:

–¡Déjalo ya, guapa! No queremos saber nada de eso. Este es un barrio tranquilo, y la policía y la gente curiosa no hacen más que asustarnos la clientela.

Entró en la casa y dejó a Delia envarada allí en medio, con la palabra en la boca.

–¡Vaya! ¡Qué carácter! –se dijo–. Me parece que no se ha tragado la historia de la estudiante inocente. Pero lo que está claro es que aquí pasa algo. Un muerto que no está muerto... Desaparecidos que entran y no salen... ¡Todo encaja con la casa de la calle de las Glicinas!

Delia no podía dejar de darle vueltas a las palabras de la vieja. Tal vez todo fueran fantasías de una mente envejecida y enfermiza, pero, no sabía muy bien por qué, le parecía que aquella nueva pieza encajaba la mar de bien en el rompecabezas que tenía frente a ella.

Sin darse cuenta, se encontró de nuevo en el metro. En esta ocasión bajó en otra parada cercana al edificio de la Biblioteca Central. Entró decidida en la hemeroteca.

XVIII

Delia no había podido evitar pensar que la vieja de la tienda se refería a Marc cuando hablaba de desaparecidos. Pero algo en su interior le decía que la mujer hablaba de hacía mucho tiempo, de cuando todavía estaba bien y veía y oía lo que pasaba a su alrededor. Algún recuerdo de aquella época lejana se había almacenado en la memoria de la mujer y, de vez en cuando, emergía como un viejo y conocido fantasma.

Por eso había entrado en la hemeroteca y había pedido los números de una popular y vieja revista de sucesos. Comenzó por los publicados entre los años 1965 y 1970. La subinspectora Rovira les había dicho que hacía treinta años, más o menos, que la casa de la calle de las Glicinas estaba abandonada. Ella nunca olvidaba un detalle. Empezaría por ahí y, de hecho, por algún lugar había que empezar.

Solo faltaba un cuarto de hora para el cierre de la sala de consulta cuando Delia, que empezaba a tener la cabeza embotada con todos los crímenes, robos, extorsiones, estafas y desapariciones que se había tragado, encontró lo que, sin saberlo, estaba buscando:

«Barcelona, 15 de junio de 1968.

El hijo del banquero y hombre de negocios Damián Serra, desaparecido cuando salía del trabajo el pasado viernes 2 de junio, sigue sin dar señales de vida.

A pesar de que la familia ha ofrecido una sustanciosa recompensa a quien pueda aportar alguna pista sobre esta desaparición, hasta ahora se sigue sin tener ninguna noticia. Fuentes de la policía trabajan sobre la hipótesis, aún por comprobar, de que el joven fue visto por última vez cerca de la plaza de la Fuente, en el popular barrio de Horta.»

–¡Esto es lo que andaba buscando! –gritó Delia tan alto que cayeron sobre ella las miradas llenas de reproche de las pocas personas que quedaban en la sala–. Otro desaparecido cerca de la calle de las Glicinas. Y su desaparición fue hace treinta y dos años. La vieja no mentía. Ahora sé qué debo hacer.

Y con esta nueva información cuidadosamente anotada en la libreta, Delia salió a la calle como si fuera la portadora de un gran tesoro.

A Delia le costó un buen rato de teléfono convencer a Elena y a Guille de que tenían que verse. Tuvo que utilizar dosis infinitas de paciencia, que ni ella misma sabía que tenía, para conseguir una cita para el día siguiente. Pero al final la insistencia, o bien el temblor de voz o a saber qué, logró que Guille y Elena abandonaran, aunque fuera por poco rato, el refugio de silencio donde se habían escondido y accedieran a escuchar lo que Delia tenía que decirles.

–¿Solo es eso? –preguntó Elena, más escéptica que nunca, devolviendo a su dueña la libreta en la que acababa de leer aquella vieja noticia.

–¿Qué quieres decir, guapa? ¿Te parece poco?

Delia interrogó a Guille con la mirada, como pidiéndole ayuda, pero el chico bajó hasta el suelo sus tristes ojos verdes.

–Otra desaparición cerca de la calle de las Glicinas. ¿Y qué? –dijo Elena despectivamente–. Ni siquiera sabemos si tiene que ver con la calle, y menos con la casa. Y, aunque tuviera algo que ver, ¿qué? ¿Nos ayudaría eso a dar con Marc?

–Pero... ¡Elena! –casi gritó Delia, que no podía dar crédito a lo que oía–. ¿Y lo que os pasó a vosotros? ¿Y la casa?

–¡Aquí no pone nada de la casa! Ya te lo he dicho. Solo habla de la plaza de la Fuente. Son conjeturas. Suposiciones. Nada de nada...

Delia respiró hondo. Estaba decidida a no perder la calma, a despertar, aunque fuera a bofetadas, la voluntad, las ganas de luchar de aquellos dos jóvenes.

Y tosió antes de añadir:

–Mira Elena, puede que tengas razón, tal vez tienes razón y esto, al fin y al cabo, no tiene nada que ver con Marc y todo es una coincidencia. Pero a mí me parece que esta noticia es como el botón.

–¿Como el botón? –preguntó Elena con una risita irónica en los labios–. ¿A qué te refieres?

–Sí mujer, como el botón que encontramos en la casa. Aparentemente, no es nada, pero tiras y, abajo, hay un hilo que se va desovillando. Y algo que te parecía insignificante te lleva a otra cosa que ya no lo es tanto y... –Delia ya no sabía a qué santo invocar para despertarlos de su sopor–. Mirad, cuando menos, la historia del botón consiguió que le pasaran el caso a la policía Rovira, y ella...

Delia acabó de perder el último gramo de paciencia que le quedaba. Se le había acabado y explotó:

–Y a vosotros dos, lo único que os pasa es ¡que estáis cagados de miedo! Y con razón, no digo que no, pero mientras nosotros perdemos el tiempo hablando, el pobre Marc...

Calló. Guille se había levantado de la silla. Delia creyó que ya no volvería a verlo nunca más:

–Delia tiene razón. Ya basta de esconder la cabeza bajo el ala, ¿verdad, Elena? Me parece que este nuevo descubrimiento de Delia es importante. Vamos a ver a la subinspectora Rovira.

Las dos chicas se levantaron de golpe y empezaron a andar detrás de Guille. A Delia le brillaban los ojos; a Elena le centelleaban.

La subinspectora Rovira no se extrañó mucho al verlos de nuevo, y a pesar de que cuando ellos entraban en la comisaría ella estaba a punto de salir, se detuvo para escucharlos. Los recibió con la sequedad a la que los tenía acostumbrados, y su rostro continuó igual de frío e inexpresivo que siempre cuando leyó la noticia que Delia llevaba copiada en la libreta. A Guille le volvían a brillar los ojos mirando a la inspectora. ¡Incluso un bebé se daría cuenta! Evidentemente, Delia se dio cuenta y una nueva cicatriz fue a unirse a las otras cicatrices que Guille había marcado en su corazón.

–¡Vaya! No me hacéis caso y continuáis haciendo lo que os viene en gana. Ya veo. Os movéis, y os movéis muy bien.

Delia no pudo reprimir una sonrisa de satisfacción.

–Me habéis pillado a punto de salir. Será casualidad, pero precisamente iba a ver al señor Damià Serra.

–¿El padre? –preguntó Delia, empezando a andar detrás de la subinspectora, seguida de Guille y Elena.

–No. Me refiero al hijo. Damián Serra, hijo. Claro.

–Pero –preguntó Delia con los ojos como platos–, Damián Serra hijo desapareció cerca de la calle de las Glicinas, ¿verdad? He leído los...

La subinspectora la hizo callar con un gesto de la mano:

–Sí, desapareció, y hay muchos motivos que nos llevan a creer que estuvo retenido en la casa de las Glicinas, pero inexplicablemente salió con vida.

A Delia se le iluminaron los ojos:

–Entonces tenemos un testigo de primera mano.

La subinspectora calló. Si Delia le hubiera podido ver la expresión de la cara en aquel momento, se habría dado cuenta de que el testimonio de Damián Sierra les iba a servir de muy poco.

XIX

El lugar al que la subinspectora Rovira permitió que la acompañaran los chicos era el último que ellos hubieran imaginado visitar aquella mañana.

–¿Una clínica psiquiátrica? –preguntó Delia, con la cara convertida en un gran interrogante.

–Sí, en efecto. Es una clínica psiquiátrica de larga estancia, para ser precisos.

–Es decir –puntualizó Guille–, un manicomio.

–Sí. Un lugar del que la gente que ingresa no suele salir.

Pisaban la grava del jardín que conducía a la puerta principal. Nada, ni el jardín mimado por árboles frondosos, ni las flores que lo adornaban estallando en mil colores, delataban el lugar donde se encontraban. Solo el cartel de la entrada rompía el engaño.

–Entonces, Damián Serra...

–Sí –afirmó la subinspectora Rovira, que ya estaba llamando a la puerta–. Parece que la policía ha llegado un poco más lejos que vosotros, y no solo hemos sabido que hubo otras desapariciones en la casa de la calle de las Glicinas, sino que también hemos podido seguir el rastro de una de las víctimas.

Si no hubiera sido porque la joven policía no sonreía nunca, ni en sus mejores momentos, Delia habría jurado que una mueca de triunfo se acababa de dibujar en su rostro.

–Todavía no sé si nos servirá de mucho. Cuando encontraron al joven Damián, meses después de su desaparición, vagaba por las calles de la ciudad como un alma en pena. Nadie le ha podido sacar nunca ni una palabra de lo que le pasó.

–¡Dios mío! –exclamó Elena, llorosa–. ¡Marc!

La puerta se abrió y una enfermera con bata blanca los recibió. La subinspectora Rovira se identificó y fueron conducidos, los cuatro, a una bonita y soleada sala de espera.

Cinco minutos más tarde, un enfermero entró empujando la silla donde había un enfermo sentado. Era un hombre de edad indefinida, con el pelo abundante y completamente blanco. Tenía la mirada perdida y aguada, y la expresión ausente de quien ya no es de este mundo.

Los chicos no pudieron reprimir una mueca al verlo entrar. Según lo que Delia leyó en el periódico, si ese era Damián Serra hijo, ahora no tendría más de cincuenta años. Sin embargo, su aspecto era el de un hombre en la más absoluta decadencia.

La subinspectora preguntó al enfermero si, en efecto, aquel hombre era Damián Serra. El enfermero hizo un gesto afirmativo con la cabeza y se retiró a un rincón de la sala, con los brazos cruzados bajo el pecho; por lo visto, no tenía la más mínima intención de dejarlos solos con él. La subinspectora Rovira cogió una silla y se sentó muy cerca del pobre enfermo. Los chicos se quedaron de pie detrás de ella.

–Señor Serra... –miró al hombre directamente a los ojos y luego se dirigió al enfermero–. ¿Puede entenderme si le hablo?

El enfermero levantó los hombros, en un gesto entre interrogativo e indiferente.

La subinspectora continuó.

–Señor Serra... Damián, soy de la policía. Estos chicos, verá... Este chico tiene un hermano que ha desaparecido misteriosamente y...

El hombre siguió con la vista perdida en el infinito y ni tan siquiera parpadeó. Cualquiera que lo hubiera visto y hubiera intentado hablar con él en aquellas circunstancias habría jurado que hacía treinta años que estaba muerto.

–Mire –prosiguió la joven–, tenemos motivos para pensar que el hermano de este chico ha desaparecido en la calle de las Glicinas, en una casa que...

De la garganta del hombre escapó un estertor helado, un ruido similar a la despedida de un enfermo agónico. La subinspectora enmudeció de golpe. Los chicos dieron unos pasos atrás, asustados.

–¿Qué ha dicho? –preguntó Delia, agarrando a Guille por la espalda.

–¡Cállate! –exclamó él, que por lo visto era el único que encontraba algún sentido al murmullo ininteligible del hombre.

–¿Qué? ¿Qué pasa? –preguntó Elena.

–¡Está cantando!

–¿Cantando? –preguntó la subinspectora con incredulidad.

Guille se acercó más a Damián Serra. Se arrodilló ante él y escuchó al hombre con atención, cerrando los ojos para concentrarse en lo que él denominaba «canto».

–Esa melodía... sí, sí... yo la he oído antes.

Guille unió su voz a la de Damián. Aquella melodía ponía la carne de gallina. Las chicas y la policía observaban con estupor lo que allí pasaba.

–¡Pregúntale algo! –casi gritó Delia–. Parece que quiere comunicarse contigo.

–¿Y la escalera? ¿Dónde estaba la escalera?

–Abajo... abajo –dijo el pobre hombre, con una voz que parecía de ultratumba.

–¿Abajo? –preguntó Guille–. ¿Y qué hay abajo?

El hombre clavó los ojos en el rostro blanquecino del chico. Su cara tenía una expresión enloquecida, estaba tan congestionada que Guille se levantó de un salto y se apartó. Ante el espanto de sus visitantes, el loco empezó a bracear y a mover la cabeza sin sentido. Era como si acabara de ver una aparición, quizá la dama Muerte en persona volvía a visitarlo. Parecía que los ojos, muy abiertos por el terror que le invadía, se le iban a salir de las cuencas. El enfermero se abalanzó hacia el hombre e hizo sonar un timbre para pedir ayuda. Entraron otros dos enfermeros que enseguida le inyectaron algo para que se calmara. Y se lo llevaron.

Los tres amigos se quedaron de pie en medio de la sala. Estaban blancos, con el espanto marcado en la cara. Incluso la subinspectora había perdido la máscara de indiferencia aparente que siempre llevaba puesta. Estaba pálida y la voz le tembló cuando dijo:

–¡Vámonos! No creo que nos haya servido de nada. ¡Pobre hombre!

–De hecho –dijo Guille–, nos ha servido de mucho.

XX

La subinspectora Rovira y las dos chicas escuchaban a Guille sin atreverse ni a respirar.

–Aquella canción que intentaba cantar Damián Serra... Yo la he oído antes.

–¿Cuando estuviste en la casa? –preguntó la policía.

–Sí... No... ¡Antes! No puedo recordarlo...

–Era horrible. Ponía los pelos de punta.

–Sí, Elena. Y si la has escuchado una vez ya no puedes olvidarla nunca. No, no se puede –dijo Guille, hablando consigo mismo, con los ojos claros hundidos en la turbulencia de los recuerdos.

–No lo entiendo. ¿Qué recuerdos te pueden venir con ese tipo de... aquella especie de grito ronco? –preguntó la subinspectora–. El hombre no podía entonar. Lo que tú llamas melodía, solo era un ronquido. Como el grito lejano de un animal atrapado.

–¡Eso es! ¡Eso precisamente! Se reconoce por la sensación que despierta en la gente que la oye. Subinspectora, ya nunca podrá olvidar ese grito de animal acorralado. Elena dijo que ponía la piel de gallina. Es cierto que Damián no cantaba. No. Solo recordaba el horror que le produjo la melodía la primera vez que la oyó. Y a mí me ha hecho recordar lo mismo.

Guille calló. Estaba perdido en el nudo de sus meditaciones.

–Pero hay más cosas que Damián me ha hecho recordar.

–¿Qué cosas? –preguntaron las tres chicas al unísono.

–¡La escalera! La famosa escalera que he visto incluso en sueños...

–¿Qué? Acaba, por Dios, Guille. Ya no me quedan uñas para morder –dijo Delia, con impaciencia por tener más detalles.

–No subí la escalera.

–¿No? Entonces, ¿crees que no pasaste del vestíbulo? –preguntó Elena.

–Estoy seguro de que me desplacé por la casa. No sé cuánto tiempo, pero me desplacé. Lo que pasa es que no subí la escalera, la bajé.

–¿Y adónde iba a parar la escalera, Guille? –lo interrogó la subinspectora Rovira, tensando un poco más el hilo de los pensamientos del chico–. Había un sótano, ¿tal vez?

–No. No fui a ninguna parte. Recuerdo que abrí una puerta y, entonces, sí... La horrible melodía me azotó los oídos. El corazón se me encogió. Quería huir de allí, pero las piernas no me obedecían. Estaba oscuro, muy oscuro. Encendí varias veces el mechero para poder ver por dónde pisaba. Se me apa-

gaba siempre de lo que me temblaban las manos. Finalmente, pude ver una escalera delante de mí. Empecé a bajar los peldaños poco a poco. El olor de humedad y un frío terrible me cubrían la piel y se me metían dentro del cuerpo. Noté que algo me pasaba por delante del rostro, como una presencia. No sabría definirlo. Llamé a Marc, asustado, mientras el mechero se me caía de las manos y rodaba escalera abajo produciendo un leve ruido. Pensé que debía de haber muchos peldaños, porque no lo oí caer al final. O quizá no tuve tiempo, porque entonces sentí que algo se abalanzaba sobre mí y...

–¿...Y fue entonces cuando viste a Marc dándote las manos? –preguntó Elena, a quien el relato del chico había impresionado profundamente.

Guille fijó la mirada en el rostro de la chica, pero sin verla.

–No lo sé. Llega un punto en que los recuerdos se mezclan con los sueños. No sé si vi a Marc realmente o si solo lo he soñado. Lo siento, pero no estoy seguro.

Delia observaba la escena conmovida. El sufrimiento de sus amigos era también su sufrimiento. Sobre todo el sufrimiento de Guille era muy suyo. Miró a la policía, y con gran ansiedad dijo:

–¿No cree que ya tenemos pruebas suficientes? Marc tiene que estar en la casa de la calle de las Glicinas. No creerá que todo son casualidades, ¿verdad? Imaginaciones nuestras...

La subinspectora Rovira se levantó de la silla en la que había estado sentada mientras Guille les contaba los recuerdos de aquella noche de pesadilla, la noche que entró en la casa. Estaban en casa de la policía, en la habitación

que hacía las veces de despacho. La subinspectora dio unos pasos arriba y abajo. Se quedó de pie, pensando, ante la foto de Marc que estaba clavada en el tablero de corcho. Los chicos la observaban inquietos. Al final, dijo:

–Guille, ¿te atreverías a repetir lo que hiciste aquella noche?

–¡Usted está loca! –interrumpió Elena, indignada.

–Déjala hablar –respondió Delia, sin apartar la mirada de la subinspectora y tratando de seguir su razonamiento.

–Nosotros estaríamos a tu lado –dijo señalando a las chicas–. Irías acompañado.

–Sí, ¡hagámoslo! –gritó Delia, entusiasmada.

–¡Claro! ¡Hagámoslo! Como esto no va contigo...

–Pues contigo sí que va –replicó Delia, indignada–. Parece que no tengas ganas de reencontrarte con Marc.

La subinspectora cortó la incipiente pelea que había estallado entre las chicas. Miró muy fijamente a Guille:

–¿Qué me respondes, Guille? No tenemos más camino que el que tú abriste. Tenemos que volver a la boca del lobo. Pero que os quede bien claro que no voy como policía. Me tomarían por loca si supieran que os estoy metiendo en un disparate como este.

Y, en voz más baja, añadió:

–Y quizá lo estoy, loca de remate.

–De acuerdo –dijo Guille, con una extraña serenidad–. ¿Cuándo vamos?

–Cuando oscurezca.

Y Delia repitió, con un estremecimiento:

–Sí, cuando oscurezca.

XXI

La subinspectora Rovira sabía que se lo jugaba todo en aquella operación; se jugaba el puesto, la placa, el prestigio... ¡Todo! Pero algo en su interior, quizá algo muy cercano a la tan tópica e incierta intuición femenina, le decía que solo de aquella manera tan poco ortodoxa, y con la colaboración de los más cercanos a la víctima de aquel secuestro, podría desentrañar el asunto. O eso, o ser el hazmerreír de toda la profesión hasta el fin de sus días. No había más opciones. Aunque, bien mirado, ya era el hazmerreír de sus compañeros. ¿O es que aquella pandilla de policías machistas creía que ella desconocía que la llamaban la Barbie Policía? Y en cuanto a Roger... ¡menudo! Era de los que no saben ser dirigidos por una mujer. Anda que invitarla a cenar en plena investigación... ¿Quién se había creído que era? Claro que, por otra parte, si no hubiera estado de servicio quizá sí habría aceptado la invitación de Roger. ¡Era muy atractivo!

Aquella misma tarde, la subinspectora ordenó que se retirara la vigilancia policial de la calle de las Glicinas alegando que, después del tiempo que había pasado, todo indicaba que no iban por buen camino y que había que reconducir el caso. Esperó a que anocheciera, y a las nueve se encontró con los tres chicos delante de la casa, que entonces empezaba a revestirse de las fantasmagóricas sombras que la hacían tan temible.

La policía, como voz experta, acabó de dar instrucciones a los chicos antes de entrar en la casa. Debían tomar todas las precauciones necesarias. Se trataba de encontrar alguna pista que los condujera a Marc, de averiguar qué terrible misterio escondía aquel sótano que había vuelto loco para siempre a Damián Serra, pero no se trataba en absoluto de arriesgar ninguna vida. Irían todos juntos y, por si acaso se perdían o debían separarse, la subinspectora dio a cada uno de ellos un pequeño intercomunicador. También les dio una linterna.

–Bueno, ya es completamente de noche. No esperemos más. Solo conseguiríamos ponernos más nerviosos.

Los cuatro se miraron. Silenciosamente, se desearon suerte. Empezaron a caminar hacia la verja de hierro.

Como ya había hecho en otra ocasión, Delia abrió la portezuela, que tampoco esta vez se le resistió. Entraron en el jardín. El silencio se rompió brevemente tan solo por el ruido de sus pasos sobre la arena y las hojas caídas de los árboles.

La puerta principal había sido precintada por la policía. La subinspectora cortó las bandas que impedían la entrada a los extraños y abrió la puerta sin esfuerzo. Un ruido de viejo y oxidado se extendió por el amplio y oscuro vestíbulo, como si fuera el aviso de aquella incursión nocturna. Tras unos segundos de vacilación, entraron en la casa.

El silencio que reinaba en el interior era impresionante. Los cuatro se quedaron plantados en medio del vestíbulo, apoyados los unos en los otros, como si buscaran unos ánimos que no tenían para continuar.

Pasaron unos segundos en que ninguno de ellos se atrevió a decir nada ni a hacer ningún movimiento. El oído se les iba acostumbrando a aquel silencio y empezaron a distinguir algunos sonidos: una bisagra que chirriaba en algún lugar oculto de la casa, un postigo abierto que chasqueaba, los árboles que, fuera, bailaban la danza del viento...

Guille se separó unos pasos del grupo. Había encendido la linterna y se afanaba por encontrar la puerta que conducía abajo. Pero todo estaba tan a oscuras como durante su primera visita, y no podía reconocer nada.

Como quien acostumbra los ojos a la oscuridad y empieza a distinguir formas entre las sombras y siluetas en las tinieblas, el oído de Guille, poco a poco, empezó a oír lo que nadie que no hubiera estado allí antes podía oír.

–¿No escucháis nada? –preguntó como en un murmullo.

–¿Qué? –preguntó la subinspectora.

–Ruidos. Vienen de allá.

Guille se dirigió hacia el lugar exacto desde el que, según él, provenían los ruidos. Las chicas lo siguieron. A Delia, el corazón le latía tan deprisa que pensó que sería imposible distinguir cualquier otro ruido del que hacía aquel

caballo desbocado. Elena, asustada, se detenía por el ruido de cada paso que daba.

Guille se detuvo ante la gran escalera principal.

–Pero... esta escalera sube, no baja –observó Delia, con voz temblorosa.

–No, no es esta escalera. A continuación hay una puerta.

Efectivamente, Guille se adelantó unos pasos y se situó justo debajo del hueco que dejaba la gran escalera principal al despegar hacia el piso superior. En ese hueco de escalera había una puerta, una puerta pequeña que Guille iluminó con la linterna.

–Es muy difícil de encontrar –dijo la joven policía.

–Sí, debí de dar con ella por casualidad, la otra vez.

Guille se acercó a la puerta, siempre con la linterna bien enfocada hacia la misteriosa abertura.

–¿No oís, ahora?

Las chicas se quedaron quietas, procurando no hacer ni el más mínimo ruido.

–Sí, sí, oigo un ruido –dijo Delia, cuyo entusiasmo por cada descubrimiento apaciguaba el miedo que sentía.

Guille empujó con suavidad la puerta, que cedió.

Ante aquella sima misteriosa, la luz de las linternas mostró tres caras curiosas y una aterrada.

–Es mejor que te quedes aquí, vigilando y preparada para pedir refuerzos si es necesario –dijo la policía a Elena, que temblaba como una hoja mecida por el viento.

–Pero... yo...

Sin darle ni tiempo ni ocasión de protestar, los demás penetraron en la oscuridad de la escalera que bajaba.

XXII

Comenzaron el lento descenso en silencio y rompiendo las tinieblas con la luz tenue de las linternas. Guille abría camino. Lo seguía la subinspectora y Delia cerraba la fila. No hablaban. Los animaba a avanzar, tal vez, el hecho de estar totalmente concentrados en llegar al final de aquella escalera y descubrir el secreto que escondía. Para Guille, ya era un verdadero éxito haber llegado más lejos que la vez anterior. Quizá por el hecho de ir acompañado avanzaba con ánimo, casi sin miedo.

Pero al llegar abajo, se llevaron la decepción más grande de su vida.

–Esto es un sótano normal y corriente. Lleno de suciedad y humedad, como todos los sótanos del mundo –exclamó Delia, decepcionada, y siguiendo con la linterna cada rincón del pequeño recinto.

–Sí, y parece que nuestros fantasmas particulares no han venido hoy. Aquí solo hay polvo.

–¡No! –exclamó Guille–, se oye una especie de murmullo más cerca. Parecen cánticos.

Delia hizo un descubrimiento que acabó de tirar por tierra sus ansias de misterio:

–¡Mirad! –dijo mientras apretaba un interruptor–. ¡Si incluso hay luz! ¡Vaya porquería!

En efecto, una luz amarillenta iluminó el sótano, que no parecía muy misterioso. Por mucho que buscaron, no encontraron nada, ninguna abertura, ni otra puerta que les permitiera continuar la investigación.

–¡Nada! Hemos llegado al final del recorrido. Esto es una casa abandonada y nada más –concluyó la subinspectora, mientras terminaba de registrar el rincón más escondido del sótano.

–Pero, ¿no oís los cánticos más cerca? –la voz de Guille temblaba bajo una intensa emoción.

–Alguien se ha dejado la radio encendida, chico –dijo Delia. Y se sentó en el suelo para acordonarse una zapatilla que se le había desatado. Al acabar, se apoyó en la pared polvorienta y llena de humedad. Entonces un ruido que el eco aumentaba los dejó paralizados.

Delia se levantó de un salto y fue a buscar refugio en los brazos de Guille.

–¡Ostras, chico! ¿Qué ha sido eso?

–¿No querías emociones? –le respondió Guille, quitándosela de encima y empezando a caminar por un túnel que había quedado al descubierto.

Ahora los cantos les llegaban nítidamente. Los tres los podían oír, rompiendo el silencio.

–Es la canción que cantaba Damián –dijo Guille, seguro de sí mismo y como si hubiera abandonado el miedo al otro lado del túnel.

–Será mejor que apaguemos las linternas y que hagamos el mínimo ruido posible –advirtió la subinspectora–. Avanzad despacio. Esto está habitado, evidentemente, y no creo que la gente que haya por aquí sea muy hospitalaria.

Fueron avanzando, bien pegados uno al otro y con pasos invisibles. A tientas, debían apoyarse en las paredes húmedas y pegajosas para no tropezar ni perder la orientación. De vez en cuando, algo, un insecto o una tela de araña, les rozaba el rostro. La oscuridad se hacía, a cada paso, más quebradiza, y los cánticos, más cercanos. Estaban llegando al final del túnel. Pero, ¿a quién pertenecían aquellas voces del averno?

Del mismo modo que habían avanzado por el túnel, es decir, en el más absoluto de los silencios, se acercaron a la gran abertura que encontraron al final, excavada en la roca a modo de gran mirador. Lentamente, sin respirar, fueron asomándose por aquel ojo de buey natural. Ahora los cánticos lo llenaban todo. Abajo se abría una gran sala circular, rodeada por aberturas similares a la que ellos ocupaban.

En la sala había una cincuentena de personas, entre hombres y mujeres. Las mujeres eran todas iguales, cortadas por el mismo patrón: delgadas, morenas, con largas melenas que les cubrían la espalda. Vestían túnicas blancas y, aunque solo las podían ver de espaldas, desde su ata-

laya nada hacía pensar que fueran criaturas infernales. Por el contrario, aquellas siluetas femeninas parecían la imagen de la pureza.

–¡Son como la chica que vimos salir de la casa! –exclamó Guille.

–Y como la que Marc encontró en el metro –añadió Delia–. Suerte que Elena no está aquí.

En aquel momento, los cánticos cesaron y los chicos se arrodillaron. Eso les permitió ver la imagen de un hombre que ocupaba la parte más elevada de la sala, una especie de altar recortado en la piedra. El hombre vestía también una túnica blanca y ocultaba el rostro bajo una máscara que, como estaba de espaldas a los chicos, no pudieron ver bien.

–¡Uf! Parece un demonio –dijo Delia, sin poder evitar una mueca de asco.

–O un sacerdote de un ritual demoníaco –añadió Guille.

–¡Agachaos más! –les avisó la subinspectora–. Si se diera la vuelta de repente podría vernos.

Como si la hubiera oído, en aquel momento la extraña figura del oficiante de aquel rito inquietante se volvió hacia los congregados. La subinspectora Rovira y Guille se lanzaron al suelo, en un instinto primario de conservación.

–Si no es el demonio, es muy parecido a él –dijo Guille, con el corazón acelerado por el susto que se acababa de llevar.

La subinspectora Rovira seguía estirando a Delia por la pernera del pantalón. La chica fue bajando lentamente, hasta que se quedó sentada como sus compañeros bajo la abertura. Cuando Guille y la subinspectora le vieron el rostro, tuvieron la impresión de que Delia era víctima de alu-

cinaciones, o de un colapso nervioso, o de algo muy fuerte y muy grave, porque la chica se había quedado sin aquel color rosado que siempre le pintaba las mejillas. Estaba blanca como la nieve; parecía que hubiera visto algo que no fuera de este mundo.

–Chica... ¿Qué te pasa? ¿Qué has visto?

Guille comenzó a pellizcarle la cara, primero con suavidad, pero luego tan desesperadamente que consiguió arrancarle un grito de dolor, en el preciso momento en que los congregados comenzaban de nuevo aquella melodía infernal.

–¡Uf! ¡Por los pelos! –exclamó el muchacho, mientras Delia volvía en sí desde aquel mundo lejano donde parecía haber ido a parar, misteriosamente.

–¿Qué te ha pasado, Delia? –le preguntó Guille, tomándole, amable y solícito una mano. Y Delia cerró los ojos, como si quisiera rememorar lo que acababa de ver.

–Seguro que has visto la cara de aquel tipo, ¿verdad? Y bien, ¿qué tiene de especial? ¿Tan feo es?

–No, Guille. No me ha impresionado la cara de ese tío. No se la he visto porque se la cubría con la máscara. Lo que me ha impresionado es el chico que está a su lado. Este tipo de monaguillo que lo ayuda.

–¿Por qué? –preguntaron la subinspectora y Guille, intrigadísimos.

–El ayudante del de la máscara es... ¡Joan Martí!

La subinspectora Rovira y Guille se quedaron de piedra. El chico hizo el intento de levantarse para comprobar que lo que decía Delia era verdad, que no había enloque-

cido con tantas emociones, y que aquello no era fruto de la imaginación un poco desbordada de la joven. Pero ella lo retuvo:

–No, no mires ahora.

–¿Por qué? Ahora vuelven a estar de espaldas.

–Porque todavía hay otra cosa.

–¿Otra cosa? –dijo la policía.

–Encima de la mesa de piedra, o del altar o lo que sea...

–¿Qué?

La subinspectora Rovira intervino:

–Sea lo que sea lo que has visto, seguro que te ha impresionado mucho, ¿verdad? Estos tíos son de una secta, eso está claro. Seguro que sacrifican animales...

Calló súbitamente. No quería dar crédito a lo que le estaba pasando por la cabeza. Delia se encargó de aclararle las ideas.

–Encima de la mesa tienen a Marc. Está atado.

Guille se cubrió el rostro con las manos.

–¿Seguro que es él? Solo lo has visto durante un segundo y de paso.

–Sí, pero el payaso de la máscara se ha apartado y el chico de la mesa ha levantado la cabeza. Es Marc. Yo nunca olvido una cara. Está muy delgado y desmejorado, pero es él. ¡Estoy segura!

–Pero, ¿está vivo? –insistió Guille.

–Ya te he dicho que ha levantado la cabeza. ¡Está vivo!

–Ay, ¡Dios mío! –exclamó Guille, que se debatía entre alegrarse por haber encontrado a Marc o ponerse a llorar por haberlo encontrado en aquellas circunstancias.

Delia lo consoló, mientras la subinspectora, pistola en la mano, subía por la ventana para intentar ver algo.

–Bueno. Por fin sabemos dónde está Marc –dijo con amargura.

XXIII

Aquel hombre demoníaco detuvo los cantos con un gesto de la mano y empezó a hablar en una lengua extraña. La subinspectora volvió a agacharse.

–¿Qué dice? –preguntó Delia.

–No tengo ni idea. Pero yo diría que habla en egipcio antiguo.

–¿Por qué?

–Porque se parece mucho a lo que oí hablar en un documental sobre la lengua del antiguo Egipto, y porque detrás de este altar hay una representación de un dios con cabeza de halcón.

–¡Horus! –exclamó Guille.

–¡Ostras! Hay que ver cuánto sabéis sobre mitología egipcia –se sorprendió Delia.

Guille se quedó mirando a la subinspectora. Su mirada era suplicante:

–¿Cree que... que se trata de un sacrificio humano?

–Sinceramente, creo que sí, Guille. Por lo visto hemos llegado precisamente el día que han elegido para sacrificar a una de sus víctimas en honor de Horus. Por eso no nos hemos encontrado con impedimentos en nuestra excursión, como sí te encontraste tú la otra vez. Están todos concentrados aquí.

–¡Oh, no!

Guille se ponía más nervioso con cada segundo que pasaba. En su interior, los nervios se enredaban entre sí en una maraña que hacía difícil controlar los sentimientos. Por un lado, el chico se repetía continuamente que Marc estaba vivo, pero, a continuación, se iba concienciando de que su hermano había sido elegido por aquel grupo como víctima y que estaba a punto de ser inmolado en honor de una especie de pajarraco con piernas. Y entonces, una opresión muy grande le atenazó el pecho.

–Pero, ¿por qué él?

–¿No atas cabos, Guille? –la subinspectora razonaba deprisa y sus razonamientos, por otra parte, se evidenciaban cada vez más.

–¿Qué tenemos? Por un lado, unos locos adoradores de Horus, a Joan Martí, desaparecido ante nuestra insistencia de interrogarlo, y tu hermano, que se había metido hasta el tuétano en el turbio asunto de las desapariciones no resueltas. ¿No crees que, sacrificándole a él, matan dos pájaros de un tiro?

Delia abrió los ojos como platos:

–¡Claro! Incluso puede que Marc ya conociera la casa. Quizá no entró siguiendo solo a la chica, sino que iba detrás de una pista.

–Y ofreciéndolo en sacrificio a Horus se quitan de encima a alguien que podría aguarles la fiesta.

Guille, expresando con sus ojos verdes aquella mirada entre perpleja y asustada, miró a las dos chicas y exclamó:

–¡La melodía!

–¿Qué? ¿Recuerdas algo más? –preguntó Delia, impaciente como siempre.

–Fue a él, a Joan Martí, a quien se la oí por primera vez. ¡Ahora lo recuerdo! La silbaba el día que fuimos con él en el metro, siguiendo los pasos de Marc. No supe por qué entonces, pero aquella tonada me heló la sangre en las venas. ¿Cómo no me he dado cuenta antes?

–Estabas bajo una gran presión –aclaró la subinspectora–. En circunstancias como estas, la mente se bloquea...

–Pero todo va encajando –concluyó Delia.

–¿Y ahora qué hacemos?

No hubo necesidad de pronunciar palabra alguna: enseguida lo comprendieron. Los tres se levantaron lentamente, agarrándose a la dura piedra, y volvieron a asomarse al mirador. El sacerdote, de espaldas a ellos y de cara a la víctima, pronunciaba las palabras de un ritual antiquísimo. Levantó las manos por encima de la cabeza. Los chicos y la policía comprobaron, horrorizados, que en las manos tenía un puñal.

La subinspectora preparó el arma. En un gesto de defensa, Delia se tapó la cara con las manos: no quería ver lo que parecía inminente. Y, entonces, pasó todo rápido, demasiado rápido. Ni el espectador más atento habría sido capaz de retener lo que allí sucedió en cuestión de segundos.

El hombre calló. Lentamente, fue bajando el puñal con las dos manos hasta mantenerlo en posición horizontal frente a su pecho. La subinspectora le encañonaba la cabeza. Un lamento débil llegó nítidamente a los oídos de Guille. Marc se revolvía desesperadamente sobre el ara del sacrificio en un intento inútil de evitar su trágico destino.

Las manos del hombre comenzaron a subir de nuevo. Soltó un grito animal y empezó a bajar el puñal hacia el pecho del muchacho. Los nervios de Guille explotaron haciéndose añicos y le salieron por la boca a gritos:

–¡Basta! ¡Quieto! ¡Deja a mi hermano, payaso!

Las cabezas de los asistentes al sacrificio, sin excepción, se volvieron hacia la abertura en la piedra que, ahora, estaba totalmente ocupada por la figura rabiosa de Guille. También el hombre se dio la vuelta, aún tenía en la boca, rota, la última oración, la definitiva.

El silencio serpenteaba entre los asistentes al sacrificio. La tensión se podía tocar, se olía, se colaba por cada pequeño agujero de la roca. Hería los oídos.

Después, otro grito más grave que el primero lo rompió todo, haciéndolo pedazos:

–¡Cogedlo!

Una ola sacudió los cuerpos inmóviles de los que, unos segundos antes, observaban mudos la escena. Antes de que aquel movimiento, casi imperceptible, se volviera una amenaza de verdad, la subinspectora Rovira se levantó y, con el arma cogida con las dos manos, surgió del vacío y gritó:

–¡Policía! Si alguien da un paso más dispararé contra él.

Apuntaba a la cabeza del hombre del puñal. Todo el mundo se dio cuenta. El movimiento se rompió y se volvió silencio de nuevo. Ahora todos los ojos estaban clavados en aquellos dos desconocidos. Los observaban con la mirada vacía, sin vida. Guille pensó que parecían figuras de barro. Llegó a dudar si eran seres humanos o espectros, hasta que uno de ellos lanzó un grito aterrador y empezó a trepar por la escalera esculpida en las paredes de roca que iba a dar a los túneles naturales. Otros le siguieron. Eran demasiados como para ser dominados por un chico aterrado y una policía desconcertada.

Pero el desconcierto de la subinspectora duró poco. Se oyó un disparo y el sacerdote se llevó una mano al brazo. El cuchillo cayó al suelo y fue a parar a los pies de su víctima.

XXIV

Mientras todo esto acontecía, Delia había estado tumbada en el suelo, hecha un ovillo y con la cara escondida entre las rodillas. Al oír el disparo, comprendió que había llegado la hora de huir de allí. La situación se complicaba por momentos. Aquellos individuos, además de hablar una lengua rara y vivir bajo tierra como los topos, no tenían muy buenas intenciones. Lo cierto era que los tres saldrían mal parados si ella no corría a buscar refuerzos. Y eso hizo: echó a correr a toda prisa. Tropezando a cada paso, con los ojos tercamente cerrados por el miedo que la invadía, Delia penetró de nuevo en el túnel oscuro por el que habían llegado, con la intención de deshacer el camino e ir a buscar a Elena para salir juntas al exterior y pedir ayuda. Avanzaba deprisa, pegando las manos al moho de las paredes, cuyo contacto le hacía estremecer de angustia. En la precipitación de la huida, había de-

jado el transmisor abandonado en el suelo y la linterna, que aguantaba con mano temblorosa, casi no tenía pilas. La débil luz, sin embargo, fue suficiente para que se diera cuenta de que ante ella se abría otro túnel. ¡Un cruce de caminos! Por lo que recordaba, durante el camino de ida habían avanzado siempre en línea recta y no habían encontrado ninguna bifurcación. Se pegó a la pared húmeda. Sudaba de angustia. Quería gritar, el corazón luchaba por salirle por la boca. ¿Dónde estaba? ¿Se había perdido? La asquerosa pared le acariciaba la espalda y ella se estremeció. La linterna se apagó completamente y entonces se dio cuenta de que, del otro túnel, salía una luz tenue. Quizá al otro lado había una salida, la calle, la gente, la libertad. Empezó a avanzar a ciegas. Entonces recordó el transmisor. Se tocó la cintura, pero no lo encontró. Por un momento, le pareció que volvía a oír aquellos cánticos diabólicos. Si cerraba los ojos con fuerza, podía ver las caras ensangrentadas de la subinspectora y de Guille, y el cuerpo sacrificado de Marc. Avanzó.

Hacía un rato que andaba por aquel túnel cuando, de repente, vio que un nuevo camino se abría ante ella. El miedo se convirtió en desesperación. Tuvo la certeza de que había caído en una trampa mortal, en la telaraña interminable de una araña invisible que la miraba desde su escondite. Se sintió desfallecer. ¿Dónde estaba? ¿Qué estaba pasando? ¿Y si se trataba de un enorme laberinto que serpenteaba por debajo de la casa, de toda la calle, del barrio entero? ¿Cómo la encontrarían? Se sintió absolutamente

sola e indefensa en medio de aquella enorme catacumba. Ya no sentía nada. Ni el tac-tac de su corazón desbocado.

Un movimiento nuevo, extraño, le rozó las piernas. Se apartó violentamente de aquella sensación viva, peluda. Aunque no podía ver de qué se trataba, no hacía falta mucha imaginación para adivinar que se trataba de una rata. Las piernas empezaron a pesarle mucho. Los ojos se le cerraron. La cabeza empezó a darle vueltas.

Delia perdió el sentido y cayó redonda al suelo.

Nunca consiguió averiguar cuánto tiempo pasó desmayada sobre el húmedo suelo del túnel, con la única compañía de las ratas.

Lo único que recordaba muy bien era la sensación que tuvo al despertar. Tenía un sabor agrio en la boca. Le dolía la cabeza, y un airecillo suave le movía el cabello. Se lo tocó con una mano, mientras hacía esfuerzos para fijar la vista en unas luces azules que se encendían y se apagaban, intermitentemente, a lo lejos. ¿Estaba soñando? ¿Había muerto o tenía alucinaciones? A cada paso que daba, las luces se hacían más reales. También los ruidos que su oído percibía se iban aclarando. Avanzaba. Dio unos cuantos pasos más, muy pocos, y una sonrisa iluminó su rostro tan demacrado. Estaba respirando aire fresco. El aire de la noche.

Estaba en el exterior. La luz azul era de un coche de policía. Había otros. Y gente que iba arriba y abajo. Aunque estaba muy confundida, estaba casi segura de que se encontraba en la parte trasera de la casa. Una mano le acarició la espalda y ella, asustada, se dio la vuelta:

–¡Delia! ¡Por fin has aparecido! ¡Eh! ¡Delia ya está aquí!

XXV

Una hora más tarde, Delia estaba sentada cómodamente en una silla de un bar. La acompañaban la subinspectora Rovira, su ayudante Roger y Guille.

Delia tenía delante una bebida humeante e iba envuelta en una especie de anorak que alguien le había echado por encima. A pesar de que era una cálida noche de verano, Delia temblaba. Estaba lívida y lánguida, y no parecía la de siempre.

–Aún no lo entiendo –dijo de repente Guille–. ¿Cómo has podido huir sola? ¿Qué se te ha pasado por la cabeza?

Delia apartó el vaso de sus labios y clavó la mirada, aunque asustada, en el rostro de Guille:

–¿Que qué se me ha pasado por la cabeza? –dijo, como devolviéndole la pelota–. Eso me gustaría saber a mí. ¿Adónde he ido a parar?

–Te has perdido por el laberinto –le contestó Roger, que sostenía una lata en la mano.

–¿Qué laberinto? –preguntó la chica, que no salía de su asombro.

–El sótano de la casa es un gran laberinto –le aclaró la subinspectora Rovira–. Es tan antiguo como la casa. Y los sinvergüenzas de Surroca y su secta lo han utilizado para hacer de las suyas hasta el momento.

Delia no tenía tiempo de asimilar tantas sorpresas seguidas:

–¿Pero Surroca no estaba muerto?

–Eso es lo que él quería hacer creer a todo el mundo. A un muerto no lo busca nadie, ¿me sigues? Tiene carta blanca para actuar impunemente. Sobre todo si «el muerto» se dedica a raptar jóvenes con fines macabros.

–Entonces Marc y Damián...

Roger soltó un ligero suspiro:

–Suponemos que en estos treinta años habrá habido más. Quizá algunos casos de chicos desaparecidos se aclaren ahora, cuando este loco lo confiese todo.

–Aunque esos chicos ya no tendrán la suerte que ha tenido Marc –dijo la subinspectora Rovira, con tristeza.

Guille, que había estado muy callado, concentrado en hacer girar la botella de cerveza sobre la mesa, dibujó una amplia y bonita sonrisa en su rostro, y dijo:

–Sí, Marc ha tenido mucha suerte. ¡Cuando pienso que está vivo!

El rostro se le iluminaba por segundos al recordar los últimos hechos vividos.

–Ha sido magnífico cuando lo han rescatado. La cara de felicidad de mis padres no tiene precio, ¿no creéis?

Los demás lo escuchaban en silencio. Guille estaba tan feliz. ¡Y tenía tantas ganas de hablar!

–Y ha sido un detalle que mamá le haya pedido a Elena que los acompañara al hospital, ¿no creéis?

–¡Claro! Elena lo ha pasado muy mal todo este tiempo.

–¡Desde luego! Pobre Elena, ha sufrido tanto...

La subinspectora pidió una segunda taza de té.

–Marc ha tenido mucha suerte. No quiero ni pensar qué hubiera sucedido si llegamos a entrar en el sótano unos minutos más tarde.

En aquel momento de la conversación, Roger se volvió hacia la subinspectora, simulando un enfado que no sentía:

–¡Los que habéis tenido suerte habéis sido vosotros! Afortunadamente no me creí que la señora subinspectora se diera por vencida tan rápido y os seguí.

La joven policía también simuló una indignación que estaba lejos de sentir:

–Desobedeciendo órdenes... ¿Es necesario que te lo recuerde?

–Sí, desobedeciendo órdenes os he seguido y he visto cómo os metíais en la boca del lobo. He intuido que la cosa podía tener consecuencias nefastas y he pedido refuerzos inmediatamente. Ha sido un presentimiento, y si no llego a hacer caso de ese presentimiento, a estas alturas estaríais hechos croquetas.

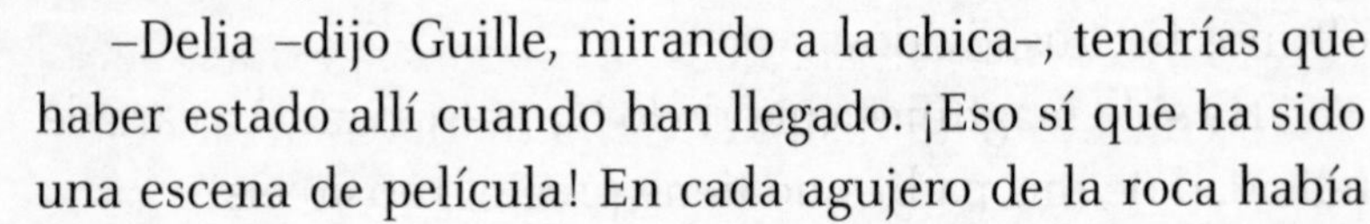

–Delia –dijo Guille, mirando a la chica–, tendrías que haber estado allí cuando han llegado. ¡Eso sí que ha sido una escena de película! En cada agujero de la roca había un agente, y cada agente apuntaba con un arma. ¡Espectacular! A aquellos tipos se les han ido las ganas de ofrecer sacrificios a Horus de inmediato. Y cuando pienso que Joan Martí era uno de ellos...

–Sí, siempre me pareció sospechoso, pero ha superado todas las expectativas.

La subinspectora hizo una pausa y se dirigió a Roger:

–Puedes dar por hecho que es él quien se hizo pasar por el sobrino del «muerto».

–Pronto lo sabremos. Estos son de los que lo «cantan» todo en cinco minutos. ¡Uf! Cuánta porquería saldrá de esa casa... Y no me refiero a las ratas.

Delia se estremeció al oír hablar de ratas. Con los ojos fijos en el vaso humeante, preguntó:

–¿Cómo es posible que hoy en día haya gente que se dedique a hacer... esas barbaridades?

La subinspectora se terminó el té de un sorbo. Se puso en pie y se colgó el bolso del hombro:

–Te sorprenderías de lo que se llega a ver en comisaría: sectas de todo tipo, juegos de rol en los que peligra la vida de las personas... Si lo piensas mucho, te entran ganas de vomitar.

Roger acababa de levantarse también. Aprovechó la proximidad para susurrar al oído de la joven policía:

–No debe de haber cenado, ¿verdad, subinspectora?

–No. Claro que no.

–Y... ¿es demasiado tarde para invitarla a comer algo?

La chica intentó disimular una media sonrisa de vanidad.

–Bueno... ahora ya que hemos terminado el servicio... ¡Vamos!

Se despidieron de los chicos, que los siguieron con la mirada. Cuando estaban a punto de cruzar la puerta, Guille los detuvo con un grito:

–Me preguntaba... Bueno, me gustaría saber su nombre, subinspectora.

La chica sonrió como Guille no la había visto sonreír nunca:

–Me llamo Raquel.

Lentamente, Delia iba recuperando el color de la cara y su expresión de siempre:

–¡Raquel! Es un nombre muy bonito.

–La verdad es que sí.

Delia y Guille se miraron y se echaron a reír:

–Eres una chica muy valiente, Delia. Si no hubiera sido por ti, por tu insistencia...

–Tú también eres valiente, Guille. Me alegro tanto de que todo haya acabado bien.

–¿Qué te parece si ahora que ya hemos terminado el servicio vamos a comer algo?

Delia rió con una carcajada sonora, alegre como unas castañuelas.

Se levantaron y, juntos, cruzaron la puerta del bar.

La calle de las Glicinas se había quedado solitaria y a oscuras. Las últimas luces de los coches de policía y de las ambulancias ya se habían apagado hacía rato.

Dentro de la casa ya no quedaba nadie. Únicamente la más absoluta soledad y el recuerdo de los crímenes que en ella se habían cometido.

Índice

Núria Pradas Andreu

Me llamo Núria Pradas Andreu y nací en el barrio barcelonés del Pueblo Nuevo, cuando este vivía todavía de espaldas al mar, y las playas, que disfrutamos hoy, eran un sueño.

Por cuestiones de trabajo, me trasladé a Sant Feliu de Llobregat, a ejercer de profesora de Lengua y Literatura. Y allí me quedé a vivir con mi familia. Tengo tres hijos: Laia, Oriol y Clàudia, mis mejores obras.

Hace ya unos cuantos años, medio por casualidad medio por curiosidad, empecé a escribir. Me salió bastante bien y, en la actualidad, tengo publicadas más de 25 novelas.

También me gusta el teatro. He escrito una obra que se estrenó en la población donde vivo con éxito notable; además, me encanta actuar, aunque es una actividad que hago solo ocasionalmente porque no me queda tiempo suficiente para aprenderme los papeles.

He ganado algunos premios literarios, pero el mejor premio para un escritor es ver su obra publicada.

Bambú Primeros lectores

El camino más corto
Sergio Lairla

El beso de la princesa
Fernando Almena

No, no y no
César Fernández García

Los tres deseos
Ricardo Alcántara

El marqués de la Malaventura
Elisa Ramón

Un hogar para Dog
César Fernández García

Monstruo, ¿vas a comerme?
Purificación Menaya

Pequeño Coco
Montse Ganges

Daniel quiere ser detective
Marta Jarque

Daniel tiene un caso
Marta Jarque

El Señor H
Daniel Nesquens

Bambú Enigmas

El tesoro de Barbazul
Àngels Navarro

Las ilusiones del mago
Ricardo Alcántara

La niebla apestosa
Joles Sennell

Bambú Jóvenes lectores

El hada Roberta
Carmen Gil Martínez

Dragón busca princesa
Purificación Menaya

El regalo del río
Jesús Ballaz

La camiseta de Óscar
César Fernández García

El viaje de Doble-P
Fernando Lalana

El regreso de Doble-P
Fernando Lalana

La gran aventura
Jordi Sierra i Fabra

Un megaterio en el cementerio
Fernando Lalana

S.O.S. Rata Rubinata
Estrella Ramón

Los gamopelúsidas
Aura Tazón

El pirata Mala Pata
Miriam Haas

Catalinasss
Marisa López Soria

¡Ojo! ¡Vranek parece totalmente inofensivo!
Christine Nöstlinger

Sir Gadabout
Martyn Beardsley

Sir Gadabout, de mal en peor
Martyn Beardsley

Alas de mariposa
Pilar Alberdi

Bambú Grandes lectores

Bergil, el caballero perdido de Berlindon
J. Carreras Guixé

Los hombres de Muchaca
Mariela Rodríguez

El laboratorio secreto
Lluís Prats y Enric Roig

Fuga de Proteo 100-D-22
Milagros Oya

Más allá de las tres dunas
Susana Fernández Gabaldón

Las catorce momias de Bakrí
Susana Fernández Gabaldón

Semana Blanca
Natalia Freire

Fernando el Temerario
José Luis Velasco

Tom, piel de escarcha
Sally Prue

El secreto del doctor Givert
Agustí Alcoberro

La tribu
Anne-Laure Bondoux

Otoño azul
José Ramón Ayllón

El enigma del Cid
Mª José Luis

Almogávar sin querer
Fernando Lalana,
Luis A. Puente

Pequeñas historias del Globo
Ángel Burgas

El misterio de la calle de las Glicinas
Núria Pradas

África en el corazón
M.ª Carmen de la Bandera

Bambú Grandes viajes

Heka
Un viaje mágico a Egipto
Núria Pradas

Bambú Descubridores

Bajo la arena de Egipto
El misterio de Tutankamón
Philippe Nessmann

En busca del río sagrado
Las fuentes del Nilo
Philippe Nessmann

Al límite de nuestras vidas
La conquista del polo
Philippe Nessmann

En la otra punta de la Tierra
La vuelta al mundo de Magallanes
Philippe Nessmann

Al asalto del cielo
La leyenda de la Aeropostal
Philippe Nessmann

Los que soñaban con la luna
Misión Apolo
Philippe Nessmann

Bambú Vivencias

Penny, caída del cielo
Retrato de una familia italoamericana
Jennifer L. Holm

Saboreando el cielo
Una infancia palestina
Ibtisam Barakat

Nieve en primavera
Crecer en la China de Mao
Moying Li

La casa del Ángel de la Guarda
Un refugio para niñas judías
Kathy Clark

Bambú Exit

Ana y la Sibila
Antonio Sánchez-Escalonilla

El libro azul
Lluís Prats

La canción de Shao Li
Marisol Ortiz de Zárate

La tuneladora
Fernando Lalana

El asunto Galindo
Fernando Lalana

El último muerto
Fernando Lalana

Amsterdam Solitaire
Fernando Lalana

Tigre, tigre
Lynne Reid Banks

Un día de trigo
Anna Cabeza

Cantan los gallos
Marisol Ortiz de Zárate